AILARD

ET

ELOÏSE.

rouge

PIECE DRAMATIQUE,

EN VERS ET EN CINQ ACTES.

Infelix perii dotibus ipfe meis.

Ovid. de Pont. Epift. 7.

Le Prix eft de trente Sols.

par M. J. B. Guis de Marseille.

A LONDRES.

D. CC. LII.

Par Jean-Baptiste
Guys, d'après Barbié.

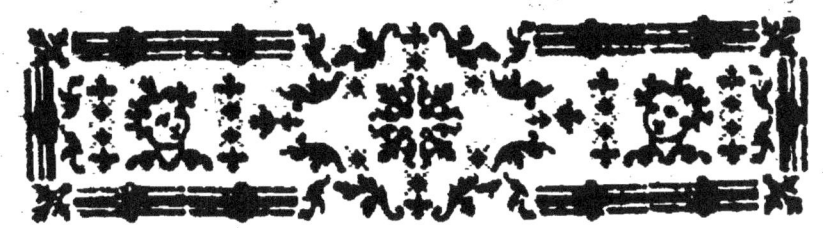

EPISTRE
A MADAME DE ***

C'Est à l'Amour, ce tiran de mon cœur,
　　Que j'offre mon premier hommage.
　　Puisse-t-il, d'un regard flatteur,
　　Accueillir l'Auteur & l'ouvrage !
　　C'est lui qui dans l'art de rimer
　　M'a dicté son tendre langage;
S'il m'enseignoit l'art de me faire aimer,
Je lui devrois encore davantage.
　　Vous, de qui les charmes vainqueurs,
Seuls auteurs & témoins de l'ardeur la plus tendre,
　　M'ont appris à verser des pleurs,
　　Et le plaisir qn'on goûte à les repandre,
　　Amour le veut, regnez toujours sur moi.
　　Et si mes dons peuvent vous plaire,
Jeune & belle *** acceptez, sans colere,
　　Ce tendre gage de ma foi.

Mes vers vont retracer l'histoire déplorable
De deux amans formés dans le sein des amours.
Jaloux de leur bonheur, le sort impitoyable
    De leurs plaisirs borna le cours.
On crut les désunir, ils s'aimerent toujours.
      Envain la fortune cruelle
      S'oppose au succès de nos vœux ;
    Si nous brûlons d'une flamme fidelle,
      Nous triomphons, en dépit d'elle :
      C'est par le cœur qu'on est heureux.

Vous sçavez, Madame, les raisons qui
m'ont déterminé à composer cet ouvrage. Je
vous lisois un jour, l'histoire d'Abailard
& d'Eloïse, & les lettres passionnées de ces
amans malheureux. Je remarquai que cette
lecture vous attendrissoit, & que vous ne
pûtes vous empêcher de donner des pleurs à
leur cruelle situation. Ce spectacle me tou-
cha à mon tour. Peut-on voir deux beaux
yeux repandre des larmes, sans être tenté
d'en verser? je pleurai avec vous. Ce tendre
hommage que nous rendions à l'humanité,
dans un profond silence, dura tout le tems
que vous jugeâtes à propos. Je ne m'avisai
d'essuyer mes yeux, que quand vous essuyâ-
tes les vôtres. Un moment après vous reprîtes
la parole, & je commençai alors à parler.
Vous me sçûtes quelque gré de ma sensibi-

lité, parce que vous ignoriez sans doute
qu'Eloïse & Abailard n'en avoient pas tout
l'honneur. Vous crûtes devoir profiter de ce
moment, & vous me priâtes, je me sers de
vos termes, de composer une piéce de théâtre sur le sujet que nous venions de lire. Les
priéres des personnes de votre sexe, & faites
comme vous, sont des ordres qu'il seroit
dangereux de ne pas exécuter. Je promis de
les remplir, sans trop songer à quoi je m'en-
gageois. La réflexion me fit voir des difficul-
tés auxquelles je n'avois pas pensé d'abord.
Comment mettre un pareil evénement sous
les yeux d'une nation aussi delicate que la
nôtre sur l'article des bienséances ? une jeune
fille séduite par celui à qui on avoit confié
le soin de ses études, une passion fondée sur
le crime, la peine honteuse & cruelle qui en
fut le fruit ; voilà, sans doute, des objets
capables de revolter l'imagination, & de
laisser dans le cœur des impressions dange-
reuses. Malgré toutes ces raisons, ma parole étoit donnée. Il n'y avoit plus moyen de
me dédire. Je connoissois tout le péril qu'il
y avoit à vous obéir ; mais je craignois encore plus le malheur de vous déplaire, en ne
vous obéissant pas. L'intérêt du cœur l'em-
porta sur celui de l'amour propre. Je ne son-
geai plus qu'à remplir mes engagemens. Sans

défigurer mon fujet, il fallut chercher à l'adoucir ; & quoique je fentiffe bien qu'il n'étoit pas fait pour être joué fur le théâtre, j'avois cependant befoin des regles, pour conftruire un poëme qui reffemblât à ceux qu'on y repréfente. J'en ai négligé quelques-unes que je n'ai pas cru devoir obferver fcrupuleufement dans un ouvrage qui ne devoit être que lu.

La piéce finie, je courus vous la communiquer. Je ne dirai point l'impreffion qu'elle fit fur vous. C'eft une circonftance qui n'a rien d'intéreffant pour les autres, auffi en ai-je recueilli feul tout le fruit. Si l'accueil que vous lui avez fait eft flatteur pour moi, il eft indifférent pour les lecteurs. Ils ne reglent point leurs fuffrages ou leur critique fur les difpofitions des particuliers ; & cela doit être. Je me contenterai, Madame, d'ajouter ici, qu'après m'avoir engagé à compofer cet ouvrage ; vous avez voulu encore que je le miffe au jour. Je n'aurois pas manqué de bonnes raifons à vous oppofer, fi vous aviez été difpofée d'en recevoir ; mais vous êtiez d'humeur de demander, & moi en train d'accorder. J'avoûrai cependant que ma complaifance, à cet égard, a été portée à l'extrême ; & il feroit jufte que vous m'en tinffiez quelque compte pour mon dédomma-

gement. Ne croyez pas que je cherche à me pa-
rer d'une fauſſe modeſtie. C'eſt une reſſource
uſée qui n'eſt plus qu'à pure perte pour celui
qui la met en œuvre. Vous le ſçavez , Madame, je ſuis autant eloigné à chercher des
éloges peu mérités , qu'à me refuſer à ceux
dont je me croirois digne. Les applaudiſſe-
mens du public, à prendre ce dernier mot
dans ſa véritable ſignification , ſont pour un
Auteur ce qu'étoient autrefois pour un Con-
quérant les honneurs du triomphe. La gloire
litteraire ne ſçauroit aller plus loin. Tout
écrivain qui fait ſemblant de les enviſager
avec indifférence , en impoſe ; & celui qui
eſt parvenu à les mériter , eſt monté auſſi
haut que ſon état peut le permettre.

ACTEURS.

LE COMTE, Epoux destiné à Eloïse.

FULBERT, Oncle d'Eloïse.

LA MARQUISE, Sœur de Fulbert.

ELOISE, Amante d'Abailard.

ABAILARD, Amant d'Eloïse.

NERINE, Confidente de la Marquise & d'Eloïse.

FRONTIN, Valet d'Abailard.

M. GRIF, Intendant.

La Scene est dans un Château de Fulbert, aux environs de Paris.

ABAILARD.

ABAILARD
ET
ELOÏSE.

✿✿✿✿✿✿✿✿✿✿✿✿✿✿✿

ACTE PREMIER.

SCENE PREMIERE.

LA MARQUISE, NERINE.

LA MARQUISE.

BAILARD eſt, dis-tu, dans ſon
appartement ?

NERINE,

Oui.

LA MARQUISE.

Sçait-il que je veux lui parler ?

NERINE,

Oui, Madame.

A

LA MARQUISE.

Peut-on compter fur toi, Nerine ?

NERINE.

Aſſurément.

LA MARQUISE.

Es-tu ſincere ?

NERINE.

Autant que peut l'être une femme.
Dequoi s'agit-il ?

LA MARQUISE.

Toi, dont les yeux curieux
Cherchent partout & percent en tous lieux,
N'as-tu rien découvert au ſujet d'Eloiſe ?

NERINE.

Comment ?

LA MARQUISE.

N'as-tu pas apperçu
Si pour quelqu'un ſon ame étoit épriſe ?
Et ſi....

NERINE.

Non. Là-deſſus je n'ai jamais rien vu.
Depuis le jour que votre frère
A dans ces lieux introduit Abailard,
Philoſophe charmant, s'il étoit moins auſtére ;
J'ai promené mes yeux de toutes parts,
Pour voir ſi le Docteur, en effet moins ſévére,
Ne donneroit pas par haſard
A l'éleve qu'on lui confie

PIÈCE DRAMATIQUE.

D'autres leçons que de philosophie.
Malgré ce que j'ai fait pour éclaircir ce point,
Je n'ai rien découvert où l'on puisse redire.
L'un ne fait qu'enseigner, & l'autre que s'instruire.
Ils s'estiment tous deux, mais ils ne s'aiment point.

LA MARQUISE.

Et sur quoi juges-tu de leur indifférence ?

NERINE.

La chose est fort claire, je pense.
Semblables à ces gens qui se piquent d'esprit,
Ils sont toujours d'un sentiment contraire.
C'est corsaire, contre corsaire.
L'un veut blanc, l'autre noir. On crie, on s'étourdit,
On ne parle que par *dilème*.
(J'ai retenu ce mot en dépit de moi-même.)
Non. Ce n'est pas ainsi que l'amour en agit.
On est toujours d'accord avec ce que l'on aime,
Et l'on ne fait pas tant de bruit.

LA MARQUISE.

N'importe. Il faut plus loin porter ta vigilance,
Et redoubler ta prévoïance.
Et tu m'avertiras....

NERINE.

Enfin nous y voilà

LA MARQUISE.

Nerine, qu'entends-tu par là ?

NERINE.

Me seroit-il permis de dire ma pensée ?

LA MARQUISE.

Eh bien ?

NERINE.

A vos discours on pourroit parier
Que vous voulez vous marier,
Que même vous êtes pressée,
Et que le Philosophe est, soit dit entre nous,
Celui que votre cœur demande pour époux.

LA MARQUISE.

Quoi, Nerine, tu veux qu'à ce point je m'oublie?

NERINE.

Laissons tous les raisonnemens.
On est fille, il suffit. Et l'on sent là dedans
Un je ne sçais quoi qui nous crie
Qu'il faut cesser de l'être après un certain tems.

LA MARQUISE.

Mais...,

NERINE.

C'est un droit qu'on paie à la nature;
Et qu'elle demande à grand cri.

LA MARQUISE.

Moi, je soutiens....,

NERINE.

Et moi, je vous assure
Que nous avons besoin toutes deux d'un mari.

LA MARQUISE.

Tu croirois donc....

NERINE.

Je crois que votre état vous pese.
C,a mettons-nous l'une & l'autre à notre aise.
Le cas n'est point douteux, il vous faut un époux.
Voïons si le Docteur, Madame, fait pour vous.,.
Je crois que non.

LA MARQUISE,

Pourquoi ?

NERINE.

Voici ce que j'en pense.
Vous avez de grands biens, un nom, de la naissance,
Un ton de cour, des airs brillans.
Votre Abailard, est homme de province,
Pour bien il n'a que ses talens,
Et je soupçonnerois sa noblesse fort mince.

LA MARQUISE.

Quoi ! parce qu'il n'a pas un nom, de grands
emplois,
Mérite-t'il moins de me plaire ?
Mais à juger de lui par tout ce que je vois,
Sans doute il ne sort point d'une race vulgaire.
Il est même, si je m'en crois,
Philosophe par goût, & professeur par choix.

NERINE.

Par goût, ou par besoin, soit : il est philosophe,
Un Mari de semblable étoffe,
Qu'il soit enfin tout ce que l'on voudra,
Je vous proteste bien, Madame,

A iij

Qu'il n'auroit pas l'honneur de m'avoir pour fa
   femme.
         Les fots mortels que ces gens là !
Moi, je préférerois un fat, un petit maître
A tous ces grands docteurs, hériffés d'argumens.
      Un fat n'eft fat que dans certains momens,
         Un fot ne ceffe point de l'être.

LA MARQUISE.

Mon avis fur ce point eft différent du tien.
         D'ailleurs, s'il faut ne te rien taire,
         Cet Abailard, enfin ....

NERINE.

                              Eh bien ?

LA MARQUISE.

   Sans y penfer, a trouvé l'art de plaire.

NERINE.

      Soit. Un fçavant vaut encor mieux que rien.
Vous l'épouferez donc ?

LA MARQUISE.

                  J'en fuis prefque tentée.
   Non que de fes talens je fois fort entêtée.
         Je les admire, j'en fais cas ;
         Mais ils ne m'éblouïffent pas.
      Ce qui me pique en cette circonftance
      Eft de regner fur un cœur endurci
Où regne uniquement l'amour de la fcience ;
De voir un bel efprit, comme un tigre adouci,
Oublier à mes pieds fa fuperbe arrogance.

J'ai vu tomber à mes genoux
Le Magiftrat, le Militaire,
L'homme de cour, l'homme d'affaire,
Et je les ai méprifés tous.
Les foins qu'ils me rendoient, ils les rendoient à
d'autres.
Mais un favant eft ferme en fes amours.
S'il s'engage, c'eft pour toujours.
Et ne connoît d'autres loix que les nôtres.
Quand de pareils amans deviennent nos époux,
Nous dominons fur eux, fans qu'ils regnent
fur nous.
L'hymen rallentiffant leurs flammes,
La vieille habitude renaît.
L'étude tout entier les occupe, & leurs femmes
Font de leur liberté l'ufage qu'il leur plaît.
Ainfi, tirant parti de toutes leurs foiblefes,
Par vanité nous fommes leurs maîtreffes,
Et leurs femmes par intérêt.

NERINE.

C'eft agir prudemment, Madame,
Il faut donc l'époufer & faire fon chemin.
Pour moi, fur fon valet Frontin
J'ai fait tomber mon choix, & je ferai fa femme,
Si vous le trouvez bon.

LA MARQUISE.

Tu peux compter fur moi.
Mon frere eft à Paris, où, felon l'apparence,

A iv

Il fonge à marier Eloïfe, & je croi
Que c'eft là le motif d'une fi longue abfence.
  A fon retour je parlerai pour toi.

NERINE.

Nous l'attendrons peut-être encor long-tems, je
 penfe.

LA MARQUISE.

Il m'écrit qu'aujourd'hui nous le verrons ici.
De fon confentement je te réponds d'avance.
  Adieu.

NERINE.

    Madame, grammerci.
Comptez auffi fur ma prudence.
Abailard vient. Deformais avec foin
 J'obferverai leur contenance,
Et vous viendrai, de tout, informer au befoin.

SCENE II.

LA MARQUISE, ABAILARD.

ABAILARD.

Auprès de vous, Madame, on m'a dit de me
 rendre.

LA MARQUISE à part.

Quel trouble eft comparable au mien !

hans. Peut-on vous demander un moment d'entretien ?

ABAILARD.

Me voici prêt à vous entendre.

LA MARQUISE.

Mais, avant tout, sur vous puis-je compter?

ABAILARD.

C'est m'offenser que d'en douter.

LA MARQUISE *à part.*

Ah ! qu'il en coute cher d'aimer & d'être femme !
Et que j'éprouve un cruel embarras !
haut.
Voyez mes yeux, ne vous disent-ils pas
L'état où se trouve mon ame ?

ABAILARD.

Non.

LA MARQUISE.

Ah ! que je le hais de s'expliquer si mal !
Mais vous dont le génie est, dit-on, sans égal,
Et je crois qu'en cela l'on ne vous fait pas grace,
Qui même dans les cieux sçavez ce qui se passe,
Ne concevez-vous pas ce qui se passe en moi ?

ABAILARD.

Non, Madame, & j'avoue ici mon ignorance.

LA MARQUISE.

Abailard, à ce que je voi,
Vous n'êtes point si savant que l'on pense !
Et c'est ce qui fait mon ennui.

ABAILARD.

Le cœur humain est un vrai labyrinte.
On ne voit rien de plus obscur que lui.

C'eſt où regnent ſur-tout & l'erreur & la feinte.
L'homme peut bien porter ſes regards dans
    les cieux,
Meſurer leur eſpace, en compter tous les feux,
Connoître la nature & ſon Auteur ſuprême ;
Mais, ſoit diſtraction, ſoit négligence extrême,
Ou crainte de ſe voir ſi petit à ſes yeux,
L'homme ignore un autre homme, & s'ignore lui-
    même.

LA MARQUISE.

Il eſt vrai. Pour juger des foibleſſes d'autrui,
Il faut avoir ſenti ce qui ſe paſſe en lui.
    Pour vous que rien n'altere, ni n'enflamme,
Vous ne pouvez pas concevoir....

ABAILARD.

Je n'oſerois me prévaloir....

LA MARQUISE.

    Sans pénétrer trop avant dans votre ame,
Je pourrois avancer que ſur un certain point
Au reſte des mortels vous ne reſſemblez point.

ABAILARD.

Et quel eſt ce point là ?

LA MARQUISE.

        C'eſt l'amour.

ABAILARD.

          Quoi, Madame,
Vous me croïez incapable d'aimer ?

LA MARQUISE.

Oui.

ABAILARD.

Je n'ai point sucé le lait d'une tigresse,
Et dans moi la nature a pris soin de former
Un cœur, des sentimens, de la délicatesse,
Enfin tout ce qui fait qu'on se laisse charmer.
Eh ! quelle ame, après tout, & si fiere & si dure
Ne se laissera pas quelquefois enflammer,
En voyant les beautés qui parent la nature,
Et ces yeux dont les feux sçavent tout animer ?

LA MARQUISE.

S'il arrivoit donc qu'une femme
Voulût . . . .

ABAILARD à part.

A quoi tend ce propos ? . . . .

haut.

Voilà votre intendant qui vous cherche, Madame.

SCENE III.

LA MARQUISE, ABAILARD, M. GRIF.

LA MARQUISE à part.

AH ! que ces intendans sont sots !

haut.

Laissez-moi, je vous prie, un moment en repos.
Un autre jour je verrai cette affaire.

M. GRIF *très-lentement.*

Madame, point du tout. J'aurai fait en deux mots.

ABAILARD *à part.*

Non. Jamais Intendant ne fut plus neceffaire.

M. GRIF, *toujours fur le même ton.*

Comme je fuis exact, & fur-tout fort concis,

Je vous apporte ce mémoire ;

Les articles duquel, comme on peut bien le croire,

Sont rédigés par ordre, & d'un ftile précis,

Au nombre feulement de cent cinquante-fix,

Contenant toutes les dépenfes

Faites jufqu'à ce jour, quatorziéme du mois,

Pour les menus plaifirs, & leurs appartenances.

LA MARQUISE.

Vous reviendrez une autre fois.

Je n'ai pas le loifir d'examiner ce compte.

M. GRIF.

Dont le total, fauf erreur & mécompte,

Se monte, comme on voit tout au bas du cayer,

A neuf cens quinze francs, dix-neuf fous, un
denier.

LA MARQUISE.

Eh ! Monfieur Grif !

M. GRIF.

On n'en peut rien rabattre,

Vous ne voudriez pas que j'y miffe du mien.

LA MARQUISE

Non. Mais.....

M. GRIF.

Il faut que chacun ait le fien;
Mon compte eſt auſſi clair que deux & deux font
quatre.

LA MARQUISE.

Je le crois. Cependant.....

M. GRIF.

Je ſuis un homme frane!
J'aime mieux n'avoir rien, & mourir ſur un banc;
Que d'amaſſer du bien , au péril de mon ame.

LA MARQUISE;

Aurez-vous bientôt dit ?

M. GRIF.

Je ſuis ravi, Madame;
Que vous rendiez juſtice à ma fidélité.
Je m'en vais donc avec humilité ,
Pour éviter tout reproche & tout blâme ;
Vous détailler ...,

LA MARQUISE.

Sortez.

ABAILARD.

Je me retirerai ;
Si vous voulez.

LA MARQUISE, à *Abailard.*

Eh non. Reſtez.

M. GRIF.

Je Reſterai;
C'eſt mon deſſein.

LA MARQUISE.

Bourreau !

M. GRIF.

Vous êtes trop honnête,
Je vais donc commencer. Primò. Pour....

LA MARQUISE à part.

Quelle tête !
Je n'y tiens plus.

M. GRIF, lisant.

Primò donc, pour odeurs,
Eau de lavande, essences, musc, civete,
Eaux pour blanchir les dents, pour chasser les
        vapeurs,
Ou rendre le teint frais, & mainte autre recete;
Deux cens quatre-vingt francs.

LA MARQUISE.

C'en est fait : je me meurs,

M. GRIF cessant de lire.

Je ne vous surfais pas. Il faut qu'on considere
        Que chacun dans cette maison,
        Jusqu'à la petite fermiere,
        Et même votre cuisiniere,
        Use d'ambre & de vermillon.
C'est pis qu'une fureur.

LA MARQUISE.

Je suis évanoüie.
J'étouffe.   elle sort.

M. CRIF *continuant de lire.*

Secundò. Pour deux petits roquets ;
Un épagneul, un singe, & quatre perroquets.
Cinq cens livres, dix sous.

ABAILARD.

Mais à qui, je vous prie,
En avez-vous donc, Monsieur Grif ?
Ne voyez-vous pas bien que Madame est sortie ?

M. GRIF.

Ah ! pardonnez. Je vais d'un pas hâtif
Chercher Madame, à s'esquiver bien prompte,
Et lui notifier le surplus de mon compte.

il sort.

SCENE IV.

ABAILARD, ELOISE.

ABAILARD.

CET Intendant est un homme rétif.
Mais Eloïse vient. Vous me semblez rêveuse ?

ELOISE.

Ne pénétrez-vous pas ce qui fait mon ennui ?
Je ne vous avois point encore vu d'aujourd'hui.
Je vous revois enfin, & je suis trop heureuse !
Cher Abailard, m'aimeriez-vous toujours ?

ABAILARD.

Un tel foupçon me furprend & m'outrage;
Pourquoi me tenir ce difcours ?

ELOISE.

Vous m'aimez ? je ne veux rien fçavoir davantage;

ABAILARD.

Mes fermens, vos bontés , & vos tendres appas ;
Tout ne vous raffure-t-il pas ?
Avec tant d'agrémens peut-on cesser de plaire ?

ELOISE.

Si votre cœur est bon , je fuis en fûreté.
La conftance eft le fruit d'un heureux caractére ;
Non l'ouvrage de la beauté.

ABAILARD.

Vous m'offenfez par ces injuftes plaintes.
Que craignez-vous ?

ELOISE.

Pardonnez à mes craintes;
Pour calmer mon efprit , je demande en ce jour
Une preuve de votre amour.
Il faut . . . .

ABAILARD.

Parlez : que faut-il faire ?

ELOISE.

On attend de mon oncle aujourd'hui le retour,
Il lui faut de nos feux découvrir le myftére.

ABAILARD.

O ciel ! qu'ofez-vous propofer,
Madame ;

Madame, & quelle est ma surprise !

ELOISE.

Quoi ! vous osez me refuser !
C'en est fait, Abailard n'aime point Eloïse !

ABAILARD.

Madame, il vous adore , & jamais tant d'ardeur
Ne s'étoit fait sentir dans le fonds de mon cœur.
Mais . . . .

ELOISE.

Qui peut empêcher l'effet de vos promesses ?

ABAILARD.

Tout.

ELOISE.

Quoi ! vous craignez . . . .

ABAILARD.

Oui. Je crains mille revers ;
Je crains mon amour, mes foiblesses,
Les rigueurs de Fulbert , enfin tout l'univers.
Est-ce là , dira-t-on , ce Philosophe austere ?

ELOISE.

Tu crains les vains discours d'un peuple téméraire ,
Et de ton Eloïse , & d'une amante en pleurs ,
Tu comptes donc pour rien la honte & les douleurs !
Quoi ! son amour trahi , l'état où tu la laisses ,
Tes sermens redoublés , la foi de tes promesses ;
Que sçais-je encor ! peut-être mon trépas ,
Qui va suivre de près la honte où tu m'abbaisses,

B

Ingrat ne te toucheront pas !

ABAILARD.

Ah ! cruelle : cessez de tenir ce langage.

Vous vivrez, si vos jours dépendent de ma foi.

Ecartons ces horreurs loin de vous & de moi.

J'entrevois, à travers la fureur de l'orage,

Un port qui peut nous mettre à couvert du naufrage.

Venez, pourquoi balancez-vous ?

Profitons des momens que le ciel nous envoye.

En me suivant vous suivrez un époux.

ELOISE.

Pour nous sauver n'est-il que cette voye ?

ABAILARD.

Dequoi pouvons-nous nous flatter ?

Esclave des grandeurs, plein de son opulence,

Fulbert voudra-t-il écouter

Un amant, qui sans biens, sans titre, sans
  naissance,

Ne peut piquer sa vanité

D'aucun de ces grands noms dont il est entêté ?

Quand même à nos desirs rien ne seroit contraire,

Pouvons-nous rester en des lieux,

Où l'on va desormais, à la honte des deux,

Publier mille bruits qu'on ne peut faire taire ?

Je sens que j'en mourrois de douleur à vos yeux.

ELOISE.

Non, cher amant, souffrez seulement que j'agisse.

Eloïse pour vous priera, preſſera,
Devant ſon cruel oncle, elle s'abaiſſera.
Fulbert à nos ſouhaits peut devenir propice.
Alors, cher Abailard, unie à votre ſort,
Alors de votre cœur uniquement jalouſe,
  Vous me verrez vous ſuivre avec tranſport
Partout où vos deſirs conduiront votre épouſe.

ABAILARD.

  Eh bien. Je veux tout ce que vous voulez.
   Je veux juſqu'au bout vous complaire.
  Voyez Fulbert, priez, preſſez, parlez.
Employez de vos yeux l'éloquence ordinaire.
J'entends du bruit : changeons de ton & d'entretien.

SCENE V.

ELOISE, ABAILARD, NERINE.

NERINE, *à part au fond du théatre.*

  Sur le fait je m'en vais les prendre.
Ecoutons leurs diſcours, & retenons-les bien.

ABAILARD.

  La choſe eſt aiſée à comprendre,
Et par l'expérience on peut la démontrer.
On a grand tort de s'opiniâtrer
Et contre la raiſon, & contre l'évidence.

ELOISE.

Si l'air est élastique, il est conséquemment
    Pesant, compacte & plein de resistance.
Or s'il est tout cela, je ne vois pas comment
    Les hommes peuvent un moment
    Résister à ce poids immense.
Il doit les écraser indubitablement.

ABAILARD.

Non. Car l'air du dedans tient l'autre air en ba-
    lance.

ELOISE.

Cet air extérieur devroit les empêcher
    Au moins d'aller, de venir, de marcher.
Je croyois me mouvoir dans un immense vuide.
Soûtenir le contraire, est vraiment me fâcher.
Il me faut desormais marcher d'un pas timide,
Crainte de quelque chute, ou crainte de broncher
    Contre un atôme trop solide.

ABAILARD.

    Ne craignez rien. L'air est fluide.

ELOISE.

Je commence à voir clair, mais pour m'éclaircir
    mieux,
    Recourons à l'expérience.

Ils sortent.

SCENE VI.

NERINE, *seule.*

Hᴇʟᴀs ! qu'ils font fimples tous deux !
Ils ont peu de malice, encor moins de fcience;
    Car la premiere, à mon avis,
Eſt, quoique puiſſe dire un docte & ſes écrits,
    Celle d'aimer & de ſe rendre aimable.
    Frontin l'a dit, j'en crois Frontin.
    Or je ſoûtiens, choſe fort foûtenable,
Qu'un amant ignorant eſt toujours préférable
Au Philoſophe froid qui n'a que ſon latin.

SCENE VII.

FRONTIN, NERINE.

NERINE.

Aʜ ! te voilà.

FRONTIN.

        Bonjour, Nerine.
Comment me traite-tu, ma charmante Lutine ?
Car on peut à bon droit t'appeller de ce nom,

NERINE.
Le compliment est doux. Mais par quelle raison
Me donne-tu ce titre honnête ?

FRONTIN.
Bon ! ne le fais-tu pas ? depuis plus de six mois
Que mon amour me roule dans la tête,
Tu ne m'as pas permis seulement une fois.....

NERINE.
Pour le présent je n'ai rien à permettre.
Mais lorsque nous serons unis,
De tout je te laisse le maître.

FRONTIN.
Tout perd alors la moitié de son prix.
Dans les bras du devoir l'amour triste sommeille,
Ce qu'on lui défend le reveille.
Si tu voulois en attendant .....

NERINE.
Doucement, Frontin, & sois sage.

FRONTIN.
Tu le veux ? Soit. Pourvu que l'Intendant.....

NERINE.
Quoi ?

FRONTIN.
N'anticipe point sur notre mariage.

NERINE.
Pauvre esprit ?

FRONTIN.
Cependant je crains.....

NERINE.

Et que crains-tu ?

FRONTIN.

Que Monsieur Grif....

NERINE.

Qui ? lui ! cet animal têtu,
Ce grand Flandrin , cette figure d'homme,
Qui ne finit jamais , dont la préfence affomme ,
Qui, d'éternels difcours , affaffine les gens !
Je fais mieux choifir mes amans.
Mon goût pour toi le prouve affez.

FRONTIN.

Pour moi ?

NERINE.

Sans doute

FRONTIN.

Qui m'en repondra ?

NERINE.

Moi. Mon cœur.

FRONTIN.

Les bons garants !

NERINE.

Ils font fûrs, & je veux t'en bien convaincre. Ecoute.

FRONTIN.

Quoi.

NERINE.

Fulbert arrive aujourd'hui.

FRONTIN.

Ouï.

Après.

NERINE.

Demain je ferai ton époufe.
La Marquife l'a dit.

FRONTIN.

J'en fuis, parbleu, ravi.

Touche là.

NERINE.

Fais donc tréve à ton humeur jaloufe.

Fin du premier Acte.

ACTE

ACTE II.

SCENE PREMIERE.

M. GRIF, NERINE.

NERINE.

Laissez-moi, s'il vous plaît. Je ne veux rien entendre.

M. GRIF.

Quatre mots seulement.

NERINE.

Non. Pas la moitié d'un.

M. GRIF.

Vous avez beau vous en défendre.

NERINE.

Allez - vous - en.

M. GRIF.

Souffrez . . . .

NERINE.

Ah l'importun!

C

M. GRIF.

De grace, écoutez-moi.

NERINE.

Quel homme acariâtre !
Adieu.

M. GRIF..

Je veux vous suivre, & dûssiez-vous me
battre.
Il faut, avec votre permission ....

NERINE.

Soit. J'aurai plutôt fait de lui laisser tout dire.
Voyons donc : mais sur-tout point de digression.
Soyez expéditif.

M. GRIF.

C'est mon intention.
Toute longueur ennuye ; & des tourmens le pire,
C'est l'ennui.

NERINE.,

Je le sens.

M. GRIF.

Le tems qui court toujours,
Nous avertit qu'il faut abreger nos discours,
Ne rien dire de trop.

NERINE.

Votre ton laconique
Me plaît assez.

M. GRIF.

Je vais droit au but, & m'en pique.
Je ne lâche jamais un mot qui soit de trop.

Ma langue, & mon efprit vont toujours le galop.

NERINE.

Il y paroît, je vous affûre.
Mais de quoi s'agit-il ?

M. GRIF.

Je viens vous fupplier
Que vous me permettiez....

NERINE.

Quoi ?

M. GRIF.

De memarier ;
Pour laiffer après moi de ma progéniture.

NERINE.

Nous préferve le ciel d'une telle avanture !
Quand tous les Intendans, & les Grifs avec eux
Seroient morts pour toujours, il n'en iroit que mieux.

M. GRIF.

Ce deffein au contraire eft fage & fort louable.
C'eft pour l'effectuer, que j'ai jetté les yeux
Sur certaine beauté ; dont l'humeur agréable
Me promet un bonheur....

NERINE.

Son nom ?

M. GRIF.

C'eft.... Devinez.
Oh ! je fuis fûr que vous la foupçonnez.

NERINE.

Qui voulez-vous que je foupçonne ?

C ij

M. GRIF.

En un mot, c'eſt vous-même, adorable frippoqe.

NRINE.

Vous m'aimez?

M. GRIF.

Grace au ciel! c'eſt là tout mon ſouci.

NERINE.

Tant pis pour vous, car grace au ciel auſſi!
Je ne vous aime point.

M. GRIF.

Ah! vous êtes trop bonne;
Pour ne pas agréer mes très-humbles reſpects.

NERINE.

De vos humbles reſpects je ſuis l'humble ſervante;
Je ne veux point être Intendante.

M. GRIF.

Vos charmes ſont ſi doux!

NERINE.

Les vôtres ſont ſi ſecs!

M. GRIF.

Si pourtant vous vouliez me croire, ...

NERINE.

N'en parlons-plus.

M. GRIF.

J'ai du comptant;
Je vous enrichirai.

NERINE.

Je n'aime point l'argent.

Ce feroit cependant une œuvre méritoire
Que de plumer un Intendant.

M. GRIF.

Prenez pitié de mon martyre.
Voyez mes pleurs.

NERINE.

Vos pleurs me font crever de rire.
Allez mon pauvre ami, je ne veux rien de vous.

M. GRIF.

J'ofe efperer qu'un jour, d'un regard moins fevere,
Vous verrez de mon cœur l'hommage volontaire ;
Et que prenant pour moi des fentimens plus doux :
D'un ferviteur foumis vous ferez un époux.

*M. GRIF fait en fortant plufieurs révérences,
accompagnées de geftes & de regards paf-
fionnés : Nerine y répond avec un ris mo-
queur, & des geftes méprifans.*

SCENE II.

NERINE *feule.*

CE Monfieur Grif eft un homme admirable!
Je lui fçais gré pourtant de me trouver aimable.
Quoique de fa conquête on foit peu glorieux,
Cela flate toujours l'amour propre femelle.
Qu'un fot aime une femme, & dife qu'elle eft belle;
Il n'eft plus fi fot à fes yeux.

SCENE III.

LA MARQUISE, NERINE.

LA MARQUISE.

NErine, eh bien, n'as-tu rien à me dire ?

NERINE.

Pardonnez-moi. Nos gens ne s'aiment point.
Soyez tranquille sur ce point.
Je m'y connois.

LA MARQUISE à part.

Grace au ciel je respire !

NERINE.

Tantôt seuls je les ai surpris
Qui raisonnoient sur certaine matiere,
Selon moi, fort peu nécessaire.
Les Philosophes sont de singuliers esprits !

LA MARQUISE.

Sur quoi disputoient-ils ?

NERINE.

Sur l'air. Quelle misere !
Oui, Madame, sur l'air. Je vous laisse à penser
Si ce point-là pouvoit les bien intéresser.
Ils ont parlé beaucoup & du plein, & du vuide ;
Du pesant, du leger, enfin que sçais-je moi
Ce qu'ils ont dit encor ! je croi

Pourtant, Madame, & je décide
Qu'ils n'ont en tout cela rien dit de fort solide.

LA MARQUISE.

Ils ne s'aiment donc point, Nerine ?

NERINE.

Affûrément,
L'amour, pour s'expliquer, parle bien autrement,
Je crois, à peu près, m'y connoître.
Lorsqu'on voit quelque objet charmant,
Objet aimé, comme il doit l'être,
Ce sont certains soupirs, c'est un air de langueur ;
Des yeux tantôt éteints, tantôt remplis d'ardeur ;
C'est un transport dont on n'est pas le maître.
Que de vivacité ! quel doux épanchement !
Que l'on s'exprime éloquemment !
On gémit, on se plaint, on quérelle, on s'appaise.
Tantôt triste, puis gai, toujours tendre, toujours
Ayant à reveler quelque sécret qui pése.
Gestes, maintien, regards, discours,
Pleurs, sourire, silence même,
Nous sommes tout amour, tout annonce qu'on aime.
Est-on heureux ? c'est une joye, un bien
Près duquel le reste n'est rien,
Et les yeux d'un amant semblent partout le dire.
Veut-on le devenir ? On s'empresse, on soupire,
Ce sont des soins, c'est un tendre respect,
Des discours si touchans ! On s'epuise en tendresse,
On promet tout. Quelqu'un nous paroît-il suspect ?

C iv

Craint-on quelque rival ? esprit, raison, sagesse,
Repos, tout disparoît, & c'est pis qu'une yvresse.
Voit-on l'objet aimé se déclarer pour nous ?
 Adieu fureurs, adieu transports jaloux,
 Tout se calme, & l'orage cesse.
Ce n'est point-là le portrait de nos gens.

LA MARQUISE.

Je vois qu'à me servir tu te montres fidelle.
Mais ma niéce paroît. Qu'on me laisse avec elle:
Je sçaurai te payer de tes soins obligeans.

SCENE IV.

LA MARQUISE, ELOISE.

LA MARQUISE.

ELOISE, je sçais que vous êtes sincere,
Sur un point important daignez ne me rien taire:
 Je vous aime, & je ne n'eus jamais
Rien de caché pour vous.

ELOISE.

   Je n'ai point de secrets
Dont je ne puisse vous instruire.

LA MARQUISE.

Connoissez-vous à fonds votre maître ?

ELOISE.

    Je sçais

Qu'il a de grands talens que tout le monde admire,
Qu'on fait sur-tout sous lui de merveilleux progrès.

LA MARQUISE.

Ce n'est pas là sur quoi je veux qu'on m'éclair-
cisse.

A ses talens je rends justice.
Pensez-vous qu'Abailard eût de l'eloignement
Pour quelque tendre engagement ?

ELOISE.

Je ne comprends pas bien ce que vous voulez dire.
Daignez....

LA MARQUISE.

Je vais m'expliquer mieux.
Je veux le marier.

ELOISE.

Le projet est heureux !

LA MARQUISE.

Croyez-vous qu'Abailard refuse
De se prêter à cet arrangement ?

ELOISE *vivement.*

Oui. Je le crois.

LA MARQUISE.

Mais quelle excuse
Pourroit-il donc avoir ?

ELOISE.

Il en a cent.
Un Philosophe ! lui, songer au mariage !
Non. Il n'est pas propre pour le ménage.

LA MARQUISE.

De ſon état on pourra l'arracher.
Une femme charmante, à la fleur de ſon âge,
Peut beaucoup ſur un cœur qu'elle veut s'atta-
cher.

ELOISE.

L'épouſe qu'à ſon ſort vous avez deſtinée
A donc bien de piquans appas ?

LA MARQUISE.

Mais dans le monde on dit qu'elle n'en manque pas,
Vous me paroiſſez étonnée ?

ELOISE.

Madame, point du tout.

LA MARQUISE.

Quelque intérêt ſecret
Vous fait-il craindre que ſon ame
Ne ſe livre aux tranſports d'une amoureuſe flâme ?

ELOISE.

Je ne vous comprens point. Ai-je d'autre intérêt
Que celui que l'on trouve auprès d'un maître ha-
bile ?
M'inſtruire, me former eſt tout ce que je veux.

LA MARQUISE.

Vous faites ſagement de borner là vos vœux.

ELOISE.

Cette reflexion eſt aſſez inutile.

LA MARQUISE.

Ma niéce, ſi j'en crois vos yeux, votre embarras,

ELOISE.

Vous me défefpérez en parlant de la forte.

LA MARQUISE.

Mais voyez où déja le dépit vous emporte.
Poffedez-vous donc mieux, puifque vous n'aimez
    pas.

ELOISE *vivement.*

Je me poffede auffi.

LA MARQUISE.

            Vous n'êtes pas fincere,
Cet air myfterieux, votre faififfement....

ELOISE.

    Mais il n'eft point là de myftere.

LA MARQUISE.

Bien férieufement ?

ELOISE.

            Oui. Sérieufement,

LA MARQUISE.

Je vais donc époufer Abailard.

ELOISE.

            Vous, Madame ?

LA MARQUISE.

Oui. Moi.

ELOISE.

    Vous vous moquez.

LA MARQUISE.

            Non.

ELOISE.

     Vous feriez la femme

D'un .... Cela ne fe peut.

   LA MARQUISE.

      J'y ferai de mon mieux.

Abailard à peu près eſt inſtruit de mes vœux.

   ELOISE *à part.*

Qu'entens-je ! Quoi le traître ! il a pu me le taire !
haut.

Sans doute cet amour, avec un front severe,

 On ne l'aura pas écouté ?

   LA MARQUISE.

C'eſt porter un peu loin la curioſité. •

   ELOISE.

Non. Je n'en doute point, vous avez ſçu lui plaire,

Abailard des mortels eſt le plus amoureux.

Aimez-le à votre tour, devenez ſon épouſe.

Mon ame aſſûrément.... n'en ſera point jalouſe.

        à part.

Je ſuis perdue ! (*haut*) Il vient. Vous pouvez tous
  les deux

 Vous arranger pour cet himen heureux.

        elle ſort.

SCENE V.

LA MARQUISE, ABAILARD.

ABAILARD à part.

ELoïse m'évite ! ah ! que j'ai lieu de craindre...
Si j'ofois m'éclaircir.... Mais il faut fe contraindre.

LA MARQUISE à part.

Il me cherche des yeux, il paroît fe troubler.
Sans doute il vient pour me parler.

ABAILARD à part.

Attendons qu'elle fe retire.

LA MARQUISE à part.

Il refléchit fur ce qu'il doit me dire.

ABAILARD à part.

Que cet inftant me péfe, & que je voudrois bien...!

LA MARQUISE à part.

Voyons s'il parlera.

ABAILARD à part.

Le touchant entretien !

LA MARQUISE à part.

Oh c'en eft trop. Il faut que je commence.
Quel fupplice ! (haut) Abailard.

ABAILARD.

Plaît-il. Me parlez-vous ?

LA MARQUISE.

Mais.... je crois qu'oui. D'où vient ce long
silence ?

ABAILARD.

Madame.... je rêvois.

LA MARQUISE.

Le compliment est doux,
Et j'étois le sujet de votre rêverie ?

ABAILARD.

Pardonnez-moi.

LA MARQUISE.

Comment ! Et qui donc, s'il vous plaît ?

ABAILARD.

C'est un point de philosophie.

LA MARQUISE.

Ne pouviez-vous choisir un plus aimable objet ?
Pour la belle galanterie ,
Je le vois bien, Abailard n'est pas fait.
Mais vous sçavez les secrets de mon ame;
Puis-je me promettre....

ABAILARD.

Madame,
Qu'exigez-vous de moi dans l'état où je suis ?
Gardez vos bienfaits pour un autre.
Mon cœur, d'un cœur comme le vôtre
N'est pas un assez digne prix.
D'ailleurs, la chose est impossible.

LA MARQUISE:

Je suis donc à vos yeux un objet bien horrible?

ABAILARD.

Je rends plus de justice à vos charmans appas.
Je voudrois vous aimer, & je ne le puis pas.

LA MARQUISE.

Qui peut vous empêcher . . . .

ABAILARD.

Un obstacle invincible:
Par d'autres nœuds je suis lié,
Et le devoir . . . .

LA MARQUISE.

Seriez-vous marié?

ABAILARD *à part.*

Songeons à nous tirer d'affaire.

haut.

Oui. Je le suis.

LA MARQUISE.

C'est fort bien fait à vous.
J'étouffe de dépit, de honte & de colere.
D'une très-digne épouse, adieu le digne époux.

SCENE VI.

ABAILARD *seul.*

AH! le ciel me délivre enfin de la Marquise.
Son amour importun me pésoit en effet.

Libre dans ma tendreffe, allons voir Eloïfe.

Elle m'apprendra le fujet....

Mais en ces lieux un fort heureux la guide.

SCENE VII.

ABAILARD, ELOISE.

ABAILARD.

Madame, ah ! votre afpect ranime mon efpoir.
Souffrez....

ELOISE

Laiffez-moi.

ABAILARD.

Quoi !

LEOISE.

Je ne veux plus vous voir.

ABAILARD.

Qu'entens-je ! ô ciel !

ELOISE.

Vous êtes un perfide.

ABAILARD.

Ce difcours me furprend. Qu'ai-je fait? Qu'ai-je dit?

ELOISE.

Vous le fçavez trop bien.

ABAILARD.

Non, Madame.

ELOISE.

ELOISE.

Il suffit.

ABAILARD.

De grace!

ELOISE.

Non.

ABAILARD.

Du moins apprenez-moi mon crime?

ELOISE.

Allez.

ABAILARD.

Quelle raison . . . .

ELOISE.

Elle est trop legitime

ABAILARD.

Je l'ignore pourtant.

ELOISE.

O ciel ! que je vous hais ?

ABAILARD.

Et moi, je vous adore encor plus que jamais.

Madame..... Quel chagrin , quel trouble vous dé-
vore. . . .

Que vois-je ! vous pleurez! se peut-il qu'à ce point...

Non. Non. Rien ne rompra le beau nœud qui nous
joint.

Mon Eloïse m'aime encore.

ELOISE.

Non. Je ne vous pardonne point.

Et loin de vous aimer, ingrat , je vous abhorre.

D

ABAILARD.

Ah ! votre cœur dément ce que la bouche dit.

ELOISE.

Ne croyez point mon cœur, croyez-en mon dépit.
C'en est fait, & pour vous il n'est plus d'Eloïse.

ABAILARD.

Vous m'étonnez, & ce prompt changement....

SCENE VIII.

ABAILARD, ELOISE, NERINE.

NERINE.

GRANDE nouvelle ! agréable surprise ?
Fulbert arrive en ce moment.
Le cœur ne vous dit rien ?

ELOISE.

Que veux-tu qu'il me dise ?

NERINE.

Je m'entens. Valets, chaise, & tout ce qui s'ensuit ;
Marche à grands pas, & l'escorte avec bruit.
Certain Monsieur, homme de conséquence,
Jeune, riche, & qu'on dit d'une illustre naissance ;
Mais fat, ajoûte-t-on, au suprême degré,
Plein d'une sotte & frivole arrogance,
Avec Fulbert dans la sale est entré.
Par-ci, par-là sur son compte l'on cause,
Et je crois entrevoir la chose.

ELOISE.

Et que crois-tu ?

NERINE.

Tenez, ou je n'ai point d'esprit
Ou je vois ce dont il s'agit.
Ce Monsieur, ne vous en déplaise,
Vient exprès pour vous épouser.

ELOISE *à part.*

O ciel!

ABAILARD.

Qu'osez-vous proposer!

NERINE.

Vous devez en être bien aise.

ABAILARD.

Comment ?

NERINE.

Monsieur, point de courroux.
Vous êtes l'ami de Madame.
N'est-il pas vrai que le bien le plus doux
Que peut goûter une belle ame,
Est de voir son ami nager dans les plaisirs ?
Si de ce grand Seigneur Eloïse est la femme,
Elle aura tout au gré de ses desirs,
Bijoux de prix, demeure magnifique,
Riches habits, & nombreux domestique.
Cela ne doit-il pas vous réjouir le cœur ?

ABAILARD.

Sortez

D ij

NERINE *à part.*

Quelle mouche le pique!
Le Docteur aujourd'hui n'est pas de belle humeur,
J'entrevois, à peu près, ce que cela veut dire.

━━━━━━━━━━━━━━━━━━━━━━

SCENE IX.

ABAILARD, ELOISE.

ABAILARD *à part.*

QU'AI-JE entendu! ce contretems me perd.

haut.

Que dites-vous du dessein de Fulbert?

ELOISE.

Moi, Monsieur, rien.

ABAILARD.

Je vous admire,
On veut vous marier, & vous ne dites rien?

ELOISE.

Je dois à mes parens entiére obéissance.

ABAILARD.

Vous épouserez donc cet homme d'importance?

ELOISE.

Sans doute.

ABAILARD *piqué.*

Vous ferez très-bien;

ÉLOISE

Monſieur, j'en ſuis perſuadée,
Et je profiterai de vos ſages avis.

ABAILARD.

Votre parti, Madame, étoit déja tout pris,
Vous pouvez ſuivre votre idée.

ELOISE.

C'eſt le comble de vos ſouhaits.
Et je romprois tous vos projets,
Si pour cet autre himen j'étois moins décidée,

ABAILARD:

Eh bien, ſoit. Ne nous gênons pas.
Mon cœur doit aujourd'hui ſe regler ſur le vôtre,
Ah ! je chériſſois trop un nœud ſi plein d'appas !
J'aurois vêcu pour vous, je vivrai pour une autre,
Et pour vous imiter, je ferai cet effort.
Il m'en coûtera cher, je le ſçais, & ma mort..
Mais n'importe, Madame, il faut vous ſatisfaire,

ELOISE.

Lui ! ſa mort ! arrêtez. Reſpectez ma miſere.
Je veux que vous viviez.

ABAILARD.

Ces ſoins ſont ſuperflus.
C'eſt vouloir mon trépas que de ne m'aimer plus,

ELOISE.

Abailard, vous ſuis-je encor chere ?

ABAILARD.

Si vous l'êtes ! peut-on cesser de vous aimer !
J'en atteste vos yeux, mes craintes inquietes,
Et ces jaloux transports qui viennent m'allarmer.

ELOISE.

Pourquoi donc m'accabler, ingrat, comme vous
faites ?
Contre les coups d'un destin ennemi
Que ne rassûrez-vous ma constance étonnée !
Vous êtes mon bonheur, ma gloire, mon appui ;
Verrez-vous une infortunée,
Aux pleurs, au desespoir, à la mort condamnée,
Sans adoucir les maux que j'éprouve aujourd'hui ?
Je n'examine point si vous m'avez trahie.
Mais si vous m'aimâtes jamais,
Rompez l'himen affreux dont je vois les aprêts ;
Et vous disposerez ensuite de ma vie.

ABAILARD.

Je vais vous obéir au gré de vos desirs.
Mais pouvez-vous penser qu'à vous seule soumise,
Mon ame porte ailleurs ses feux & ses soupirs :
J'adore, & je ne veux adorer qu'Eloïse.

ELOISE.

Pourquoi donc me cacher l'amour de la Marquise ?

ABAILARD.

Ah ! cessez de me condamner.
Je devois, Eloïse, en l'état où vous êtes,
Vous épargner ces soins, ces peines inquietes,

Où votre cœur pouvoit s'abandonner.
Je ne connois que trop votre délicateſſe.
Par un recit cruel j'ai craint d'empoiſonner
    Ces plaiſirs purs, ces doux momens d'yvreſſe ;
Que l'amour, par vos mains, s'empreſſe à me
    donner.
      Quelle crainte plus légitime !
      C'eſt l'amour qui fait tout mon crime ;
En ſa faveur daignez me pardonner.

ELOISE.

Cruel, mais cher amant, que de mon cœur ſenſible
      Vous connoiſſez bien les chemins !
Vous m'oppoſez toujours une force invincible ;
      Et vos triomphes ſont certains.
Soyez donc de ce cœur le ſouverain arbitre.
Reglez tous ſes deſirs, je vous le livre. Hélas !
      Il eſt à vous à plus d'un titre.
    Diſpoſez-en, mais n'en abuſez pas.

ABAILARD.

    Repoſez-vous ſur ce cœur qui vous aime ;
Ne perdons point de tems en ce péril extrême.
      Tout delai peut être fatal.
    Allons ſçavoir ſi cet heureux Rival,
A qui déja votre oncle a donné ſon ſuffrage,
      Sur mon amour doit avoir l'avantage ;
      Et ſi Fulbert prétendra me ravir
Le ſeul bien....

ABAILARD ET ELOISE;

ELOISE.

Croyez - vous qu'à son ordre barbare
Jamais je puisse consentir ?
Non. Avant que de vous le cruel me sépare,
Cher Abailard, vous me verrez mourir.

Fin du second Acte.

ACTE

ACTE III.

SCENE PREMIERE.

LE COMTE, FULBERT.

FULBERT.

Monsieur, vous avez vu ma niéce,
Qu'en penfez - vous ?

LE COMTE.

Je la trouve affez bien,
Elle a de la beauté, mais fans délicateffe;
Des agrémens , mais fans fineffe ,
Et franchement fes yeux ne difent prefque rien.
Elle plaira pourtant , quand elle fçaura plaire,
L'air de la cour la polira.

FULBERT.

Lui trouvez-vous quelque efprit ?

LE COMTE.

Elle en a.
J'entens de cet efprit dont on ne fçait que faire ;

E

De cet esprit de pure opinion.
Mais à propos, quel est ce visage équivoque;
Cet homme que je vois hanter votre maison ?

FULBERT.

C'est un Sçavant fameux.

LE COMTE.

Sa figure me choque.

FULBERT.

Tout Paris en fait cas, & c'est avec raison.

LE COMTE.

Vous croyez donc qu'un sçavant est un homme...

FULBERT.

Très - estimable.

LE COMTE.

Passe.

FULBERT.

Et très-estimé.

LE COMTE.

Non.
Il n'a d'imposant que le nom.
Au fond c'est un mortel qui d'abord nous af-
    somme.
    Qui dans un cercle & fatigue & déplaît.
Qu'on critique souvent, & même avec justice.
    Que quelquefois on loüra par caprice,
    Par orgueil, ou par intérêt.
    Qui frondant tout, s'aime seul, & se prise;
Qui dans le coin poudreux d'un triste cabinet,

Alterant ſa ſanté, lit, compoſe, s'épuiſe,
Pour donner au public, après bien du tracas,
Un livre que peut-être il n'approuvera pas.

FULBERT.

Ce n'eſt point là le caractere
Du ſçavant dont je parle. Il eſt tout au contraire
Poli, doux, ſans être affecté;
Rien qui ſente chez lui le peſant, l'entêté.
Un bel eſprit enfin.

LE COMTE.

La gloire en eſt petite,
Il n'eſt Rimeur ultramontain,
Il n'eſt Pédant, mince écrivain
Qui n'uſurpe ce nom. L'homme d'un vrai mérite
N'en prend aucun, mais il attend
Que le public lui-même le lui donne.
Quelle figure maintenant
Croit-on que fait un bel eſprit?

FULBERT.

Très-bonne.

LE COMTE

C'eſt une erreur. Que de ſoins, de travaux
Et pour percer la foule, & ſe faire connoître!
Il faut à tout moment combattre des rivaux,
Franchir mille obſtacles nouveaux
Que ſous nos pas ſans ceſſe l'on fait naître,
Négliger ſa fortune, immoler ſon repos,
Avoir des complaiſans à gage

E ij

Pour applaudir jufques à nos défauts.
S'armer de force & de courage
Contre les ignorans, les fots, les envieux,
Pour affûrer le fuccès d'un ouvrage.
Toujours trembler pour lui, toujours luter con-
tr'eux.
Jouer toute fa vie un fi fot perfonnage.
Finir enfin par être gueux,
Et ne laiffer pour héritage
A des enfans triftes & malheureux
Qu'un peu de gloire, un livre, & fon nom en
partage.

FULBERT.

Voilà l'ordinaire deftin
Des efprits du commun, j'en conviens. Mais enfin
Celui dont il s'agit n'eft point tel.

LE COMTE.

On le nomme?

FULBERT.

Abailard.

LE COMTE.

Ah j'entens! Il eft affez gentil.

FULBERT.

Vous appellez ainfi le plus excellent homme !

LE COMTE.

On m'en parloit un jour, il n'a que du babil.
Et dans cette maifon, s'il vous plaît, que fait-il?

FULBERT.

Il inſtruit Eloïſe, & verſe dans ſon ame
Ces ſublimes clartés.... Vous riez ?

LE COMTE

Une femme ¿

Dont tout le mérite & l'emploi
Doit être la toilette, ou la coquetterie,
Apprend la rhétorique &. la philoſophie !
La choſe eſt plaiſante, & je croi
Qu'elle mérite qu'on en rie.

FULBERT.

Quoi, Monſieur, vous voulez....

LE COMTE.

Oui. Le bien commun veut,
Et la raiſon auſſi, qu'une femme accomplie
Ignore tout, ſi la choſe ſe peut.
Trop d'eſprit la rend ſotte, indocile, impolie ;
Nous y perdons, elle n'y gagne rien.
Eſtropier les mots, dire des bagatelles,
Répondre de travers à ce que l'on ſçait bien,
Mais poſſeder à fonds le ſtile des ruelles ;
Employer avec art les mines, le coup d'œil,
Sçavoir quitter, reprendre ſon fauteüil,
Se placer dans ſon jour, inventer une mode ;
N'importe qu'elle ſoit ridicule, incommode,
C'eſt du neuf, il ſuffit, & le neuf prend toujours ;
Voilà les vrais talens des femmes de nos jours.
Mais j'apperçois Madame la Marquiſe.
Votre Niéce la ſuit.   E iij

SCENE II.

LE COMTE, FULBERT, LA MARQUISE, ELOISE.

FULBERT.

Approchez, Eloïse.
Je vous aimai toujours, vous ne l'ignorez pas.
Votre pere étoit mort avant que la lumiere
 Ouvrît vos yeux, & conduisît vos pas,
Et vous avez appris qu'à votre tendre mere
 Votre naiſſance a donné le trépas.
Mes ſoins, depuis ce tems, vous tiennent lieu de
 pere.
J'ai mis à vous former mes plaiſirs les plus doux.
Je veux par un illuſtre & tendre mariage
 Couronner mon heureux ouvrage.

LE COMTE.

Oui, Madame, & c'eſt moi qui ſerai votre époux.
On le veut, & j'attens de votre complaiſance
Que par une ſincere & prompte obéiſſance
Vous répondrez aux ſoins qu'on veut prendre pour
 vous....
 Vous vous taiſez ! ma ſurpriſe eſt extrême !
Peut-être j'avois trop préſumé de moi-même,
Et vous m'ouvrez les yeux ſur le peu que je vaux.

FULBERT.

Elle sent tout l'honneur que vous voulez lui faire,
Et bientôt vous verrez que son cœur . . . .

LE COMTE.

Je l'espere.

Mais enfin on doit dire aux gens deux ou trois mots.

FULBERT.

Apparemment la modestie . . . .

LE COMTE.

Souvent cette vertu dans le sexe applaudie,
   N'est que l'art de dissimuler,
   Ou bien un voile au manque de génie.
De quelque nom pourtant qu'on veuille l'appeller,
Elle ne défend pas aux Dames de parler.
   C'est mon avis. Demandez à Madame.

LA MARQUISE.

Oui. Monsieur a raison. Je soûtiens qu'une femme
Doit toujours, bien ou mal, parler & caqueter.
   Le jeu, la parure, les modes
   Offrent à nos discours des ressources commodes.
Manquent-elles enfin : on n'a qu'à se jetter
   Tout-à-coup dans la médisance,
Et dire du prochain tout le mal qu'on en pense.
Le fonds est riche, sûr, fecond en beaux portraits,
Amusant, & sur-tout ne tarissant jamais.

LE COMTE.

Oh ! c'est là que je brille, & qu'avec éloquence
   Je fais la guerre à tout le genre humain.

E iv

ELOISE.

L'heureux talent !

LE COMTE.

Ah ! vous parlez enfin !

ELOISE.

Vous y gagnez, Monsieur, que l'on sçache se
taire.

Et la discretion ne doit pas vous déplaire.

LE COMTE.

Courage, appuyez comme il faut.

Aiguisez tous vos traits, je ne saurais m'en plaindre,

J'en ferai même gloire, & le dirai tout haut.

Votre sexe est bien moins à craindre,

Quand il tonne sur nous, que quand il ne dit mot.

ELOISE.

Il faut donc garder le silence.

Vous venez de me defarmer.

LE COMTE.

Ah ! vous prétendez m'allarmer.

On n'y réussit pas aisément, comme on pense.

Je suis inaccessible à la mauvaise humeur.

Car qu'une femme gronde, ou bien qu'elle se
taise,

Ce qui vient de sa part n'a rien qui ne me plaise.

J'explique tout en ma faveur.

ELOISE.

La précaution est prudente.

On s'épargne par là bien du désagrément.

LE COMTE.

Vous vous trompez. D'un trait piquant
L'homme d'un bon esprit jamais ne s'épouvante.
    Et c'est à la charge d'autant.
Vous n'avez vos défauts, & nous n'avons les nôtres,
Que pour nous en moquer & les uns & les autres.

LA MARQUISE.

    Au fonds rien n'est plus amusant.
Et ces jeux à l'esprit donnent libre carriere.

ELOISE.

    Eh, Madame ! il vaudroit bien mieux
Tirer sur ces défauts un voile officieux,
    Y compatir, les plaindre & s'en défaire.

LE COMTE.

N'ajoûtons point un poids à l'humaine misere.
Le monde ne seroit alors qu'un triste amas
De gens toujours gênés, & toujours dans la
    plainte,
Timides dans leurs vœux, mesurés dans leurs pas ;
Ennemis des plaisirs, esclaves de la crainte.
    Il vaudroit mieux mille fois n'être pas,
    Que d'être ainsi toujours dans la contrainte.

LA MARQUISE.

Je suis de cet avis.

ELOISE.

        Il flatte notre cœur,
Et le cœur est pour nous la source du malheur.
    S'il est reglé, je consens qu'on le suive.

LE COMTE.

Mais, Madame il faut que je vive.
A suivre le torrent quel grand mal commet-on ?
Souffrez que de mes goûts je vous trace un crayon.
    Vous jugerez par ma vie uniforme,
Si chez moi j'ai besoin d'admettre la reforme.
Je suis homme d'honneur, j'ai de l'ambition.
J'aime assez le plaisir, le jeu, la compagnie.
Je me trouve partout, au bal, à l'opera,
    Quelquefois à la comédie,
    Où cependant je bâille & je m'ennuïe ;
    Mais c'est l'usage, & l'on y va.
Je me pique d'avoir un équipage leste,
    D'être excessif dans ma dépense. Au reste,
Courtisan affidu ; quelquefois bon ami,
    Quand l'interêt peut le permettre ;
Vif sur le point d'honneur, libertin à demi,
Ne sçachant point flatter, mais endurant de l'être.
    Peu prevenu du mérite d'autrui,
C'est le bon air; pour moi plein d'un amour extrême,
    C'est la raison, car il faut que l'on s'aime.
    Je pourrois ajouter aussi....
    Mais ce portrait en racourci
Me suffit. Décidez, & jugez moi vous-même.

ELOISE.

Vous êtes un homme accompli.

LE COMTE.

Avec tout ce mérite enfin je me marie,

C'est un effort de vertu singulier,
C'est un prodige dans la vie,
Fait comme je le suis, que de me marier.

LA MARQUISE à part.

Il est charmant avec cette saillie.
Je crois que de l'aimer je ferois la folie.

LE COMTE à Eloïse.

Oui. Voilà le sujet qui m'amene en ces lieux.
Vous m'avez plu, malgré vous-même.
Si vous m'aimez autant que je vous aime,
Je vous offre ma main, & mon cœur & mes vœux,

LA MARQUISE à part.

Fi! cela gâte tout.

LE COMTE.
Adieu.

SCENE III.

FULBERT, LA MARQUISE, ELOISE,

ELOISE.

Quelle arrogance!

FULBERT.

Son naturel, ma niéce, peut changer.
D'ailleurs, il faut le ménager.

Ses emplois & fur-tout fon illuftre naiffance,
Méritent des égards qu'il a droit d'éxiger.

    Il n'eft plus tems que l'on balance.

    Préparez-vous, mais férieufement,
De donner à ces nœuds votre confentement,
Et ne me forcez pas d'ufer de ma puiffance.

SCENE IV.

LA MARQUISE, ELOISE.

ELOISE.

ET voilà donc l'époux qui recevra ma main

LA MARQUISE.

Oui. Le voilà.

ELOISE.

    Que je fuis malheureufe !

LA MARQUISE.

Vous m'étonnez. Le Comte eft un homme divin.
D'un amant tel que lui la conquête eft flat-
teufe.

ELOISE.

C'eft un vrai fat.

LA MARQUISE.

    Mais ce fat eft bien fait.

ELOISE.

Oui. Le Comte feroit une femme agréable,
    Mais c'eſt un homme, à mon avis bien laid;
C'eſt par les ſentimens que ſon ſexe nous plaît,
Le nôtre plaît au ſien, parce qu'il eſt aimable.

LA MARQUISE.

Si vous le refuſez, quelque autre le prendra.

ELOISE.

Je le céde à qui le voudra.

LA MARQUISE.

Non. Non. C'eſt votre bien, ma niéce!

ELOISE.

Ah ! j'y renonce, & vous le laiſſe.

LA MARQUISE.

On a dequoi l'engager au beſoin,
    Si l'on vouloit prendre ce ſoin.

ELOISE.

Oui. Si pour Abailard vous n'étiez prévenue.

LA MARQUISE.

Pour Abailard ! ceſſez de croire que mon cœur
Aît jamais reſſenti pour lui la moindre ardeur.
    Je ne veux plus qu'il paroiſſe à ma vue.

ELOISE.

Vous l'avez tant aimé.

LA MARQUISE.

                    Lui ! quelle fauſſeté !
Il eſt vrai que partout il s'en étoit vanté.

Mais il n'en étoit rien. Je serois insensée
D'en avoir eu seulement la pensée.

ELOISE.

Tantôt vous en parliez sur un tout autre ton;
Et......

LA MARQUISE.

Tantôt j'avois tort, maintenant j'ai raison.
Croyez ce dernier mot. Je suis vraie & sincere,
Abailard a très-fort l'honneur de me déplaire.
Il n'est, au pis aller, digne que de pitié.

ELOISE.

Comment donc !

LA MARQUISE.

Il est marié,

ELOISE *à part.*

Ciel !

LA MARQUISE.

Observez-le bien. Il a toute l'allure
D'un mari très-honteux & très-humilié.
Qu'en dites-vous ?

ELOISE.

Mais.... Oui.

LA MARQUISE.

Je conjecture,
Qu'il n'est pas fort content de sa chere moitié.
Tout me le dit, & même je suis sûre
Que l'Epouse, à son tour, ne l'est pas trop de lui,
Je ne vois des deux parts que dégoût & qu'ennui,

Cela divertit fort, convenez-en, ma niéce.

ELOISE *se contraignant.*

Sans doute.

LA MARQUISE.

    Il faut que l'on confeſſe
Qu'un quelqu'un, qui pouvoit ailleurs
Trouver une fortune & des deſtins meilleurs,
  Fait une figure bien fote,
Lorſqu'il eſt hors d'état de pouvoir s'en fervir.

ELOISE.

Vous dites vrai.

LA MARQUISE.

    Mais c'eſt ſa faute;
Pourquoi ſe preſſoit-il ? Il peut, tout à loiſir,
En enrager, s'il veut. Moi je vais l'en punir,
Offrir ma main au Comte, & rire de ſa peine.

SCENE V.

ELOISE *ſeule.*

CIEL ! Abailard eſt marié !
Quoi ! juſques-là l'ingrat s'eſt oublié !
Malheureuſe !.... rompons une funeſte chaîne....
  Hélas ! dans l'état où je ſuis,
Sans doute je le dois.... Sçais-je ſi je le puis !
D'une coupable ardeur j'étois donc la victime!

Quand sa bouche arrestoit & la terre & les cieux
C'étoit donc pour couvrir de ce voile pieux
Un feu que je crus légitime !
Pour creuser sous mes pas un précipice affreux ;
Et rendre mon amour complice de son crime !
J'en mourrai de douleur.

SCENE VI.

ELOISE, NERINE.

ELOISE *continue.*

AH Nerine ! sçais - tu
Ce que je viens d'apprendre en mon malheur ex-
trême ?
Cet homme, qui passoit pour la sagesse même ;
Qu'on croyoit plein de foi, d'honneur & de vertu ;
Abailard enfin m'a trahie.

NERINE.

Et comment ?

ELOISE.

Je l'aimois, & l'ingrat, chaque jour ;
Me juroit un ardeur égale à mon amour.
Je le crus, & j'ai fait le malheur de ma vie.
Mon cœur d'un nœud secret à son cœur s'est lié ;
Et j'apprends aujourd'hui qu'il étoit marié.

NERINE.

Vous me faites trembler, Madame !

ELOISE.

ELOISE.

Nerine, je veux bien m'en fier à ta foi.
Mon funeste secret n'est connu que de toi.
A ta sincerité j'ai découvert mon ame.
Mes malheurs sont affreux. Prens pitié de mon sort.
    Tu vois le piége où je suis engagée,
    Tu vois l'abime où l'amour m'a plongée,
Il faut m'en retirer, ou me donner la mort.

NERINE.

Vous n'avez qu'à parler, vous serez obéie.

ELOISE.

    Allons. Je veux avec éclat
    Me séparer de cet ingrat.
.. veux lui reprocher sa noire perfidie.
Il verra mes douleurs, mes larmes, mon ennui,
Et les remords d'un cœur qui ne vit plus pour lui.

NERINE.

Non. Il faut le punir en épousant le Comte.
Par là vous vous vengez d'un lâche qui vous perd,
    Vous prévenez le courroux de Fulbert,
    Et vous reparez votre honte.
Mais hâtez-vous. Il faut une vengeance prompte,

ELOISE.

Je sçais qu'à mon devoir je dois tout immoler.
Que la raison le veut, que l'honneur me l'inspire,
Mais au fonds de mon cœur si tes yeux pouvoient
    lire,
    Mon état te feroit trembler.

F

Un amour malheureux fans ceffe me confume.
Le devoir le combat, la paffion l'allume.
La honte, le dépit m'affiégent tour à tour.
Je féche dans l'ennui, je vis dans l'amertume,
Et je fens tous les maux que fait fentir l'amour.

NERINE.

Madame, armez-vous de courage ;
Et fi ce n'eft par choix, mariez-vous de rage.
Le goût viendra peut-être quelque jour.

ELOISE.

Eh bien n'écoutons plus un aveugle caprice.
Je romps l'indigne nœud dont mon cœur eft lié,
Et vais.... Eft-il bien vrai qu'Abailard me tra-
hiffe ?
Ah ! s'il n'étoit point marié !...
Mais la Marquife enfin m'a confirmé fa honte.
Sans doute ce rapport hui vient de bonne part.
Je fais qu'elle aimoit Abailard,
Elle veut cependant offrir fa main au Comte.

NERINE.

Preuve complette. A quoi bon balancer ?
Son hymen & fa perfidie,
Fulbert que vos refus commencent de laffer,
Votre repos enfin, tout vous convie
A l'oublier.

ELOISE

Allons. Il n'y faut plus penfer.
A tes confeils je m'abandonne.

Difpofe de ma foi, difpofe de mon cœur.
J'obéis. Il n'eft rien deformais qui m'étonne,
Et je fuis parvenue au comble du malheur.

elles fortent.

SCENE VII.

FULBERT, ABAILARD.

FULBERT.

Monsieur, je donne enfin un époux à ma niéce,
      Le haut rang, les biens, la nobleffe,
Se trouvent en celui que j'ai fçu lui choifir.
Je ne fçais cependant par quelle repugnance,
Ma niéce à cet hymen ne veut point confentir.
Il eft plus d'un moyen de me faire obéir.
Mais avant que d'ufer d'aucune violence,
      Je veux employer la douceur.
      Je fçais que vous avez, Monfieur,
      Sur fon efprit une entiére puiffance.
Voyez-là, parlez-lui. Vous toucherez fon cœur.

ABAILARD.

Qui ! moi, Monfieur ?

FULBERT.

      Oui. Vous.

ABAILARD.

      Peut-être votre niéce
Ne fent pour cet époux eftime, ni tendreffe.

F ij

FULBERT.

N'importe.

ABAILARD.

Voulez-vous forcer son naturel ?
Et l'engager dans un état cruel
Qui feroit son malheur peut-être, & son supplice ?

FULBERT.

J'ai donné ma parole.

ABAILARD.

Au prix de son repos,
Devez-vous la tenir ? Dans quel gouffre de maux
Va la plonger votre injustice ?

FULBERT.

N'y pensons plus. Il faut qu'elle obéisse,
Et dès ce soir.

ABAILARD.

Non, Monsieur, croyez-moi.
Daignez me dispenser d'un si fâcheux emploi.
Je m'en acquiterois fort mal, je vous assûre.

FULBERT.

De grace ! je vous en conjure.
Agissez avec moi, veuillez me seconder.
Eh ! qui sçait mieux que vous l'art de persuader ?

ABAILARD.

Mais si par hasard Eloïse
D'un autre objet étoit éprise,
Voudriez-vous alors, Monsieur....

FULBERT.

Et qui vous a dit que fon cœur....?

ABAILARD.

Je n'en fçais rien , mais la chofe peut être:

FULBERT.

Vous auroit-elle fait connoître....

ABAILARD.

Non. Suppofons pourtant.....

FULBERT.

La fuppofition

Me plaît affez. Sur quoi fondez-vous.....

ABAILARD.

Pure idée:

Mais fi de quelque amour elle étoit poffedée ?

FULBERT.

Il faudroit , s'il lui plaît , qu'elle changeât de ton:

ABAILARD,

On n'aime point au gré des autres.
Eloïfe a des droits indépendans des vôtres.

FULBERT.

Ah ! nous verrons.

ABAILARD.

Si malgré mes avis;

Elle refufe de fe rendre,
Que ferez-vous ?

FULBERT.

Ah ! j'en frémis !

Dans mon jufte courroux je puis tout entreprendre,

SCENE VIII.

ABAILARD *seul.*

QUAI-JE entendu ! quel funeste embarras !
On veut que je travaille à me trahir moi-même,
Que renonçant à ce que j'aime,
Je signe de ma main l'arrêt de mon trépas.
Ce dernier trait manquoit à ma misere.
Eprouva-t'on jamais un destin plus contraire !
Quel triste enchaînement, ô ciel !
De disgraces qui se succedent !
Les plus fermes courages cédent.
Aux horreurs d'un sort si cruel.
J'ai tout perdu dès ma plus tendre enfance,
Fortune, parens, espérance.
Un seul bien me restoit plus cher à mon amour,
Plus digne de mes vœux, & plus digne d'envie.
Un barbare destin me l'arrache en ce jour.
Chere Eloïse, hélas ! quand vous m'êtes ravie,
Mon bonheur, mon repos, le charme de ma vie,
Tout m'est ôté ! sans vous, cet univers n'est rien,
Et du jour à regret la lumiére m'éclaire.
Essayons toutes fois si par quelque moyen
Je pourrois de Fulbert adoucir la colere,
Et d'un rival qu'on me préfére
Tromper l'espoir & couronner le mien.

Fin du troisiéme Acte.

ACTE IV.

SCENE PREMIERE.

FULBERT *seul.*

ABAILARD tarde bièn à venir me parler !
 J'augure mal de fa pareffe.
 Sans doute il aura vu ma niéce ,
 Et fes raifons n'auront pu l'ébranler.
 Pour agir j'attens fa réponfe. . . .
Mais quel eft ce foupçon qui me vient accabler,
Ce foupçon que mon cœur en ce moment m'an-
 nonce ,
 Et qu'il fçait fi mal démêler.
 Ciel qui m'entens ! diffipe cette crainte.
J'ai cru lire tantôt dans les yeux d'Abailard
Que d'un ennui fecret fon ame étoit atteinte.
Des foupirs lui font même échappés au hafard.
Et quand je le priois de convaincre Eloïfe,
Et de la ramener, à force de leçons ,

A cet hymen qu'elle méprise,
N'a-t'il pas avec feu combattu mes raisons ?
Non. La simple amitié, modeste dans son stile,
Parle, agit, éxécute, & paroît plus tranquile.
Il faut éclaircir ces soupçons.
Consultons la Marquise, interrogeons Nerine.
Malheur à lui, si ses coupables feux,
D'une niéce que j'aime avançant la ruine,
L'avoient conduite au piége où l'attendoient ses
vœux !

SCENE II.

FULBERT, ELOISE, NERINE.

NERINE à *Eloïse dans le fonds du théâtre.*

VOILA Fulbert. Remettez-vous, Madame,
Et prenez une fois un parti de vigueur.
Songez qu'à vous venger il y va de l'honneur,
Que l'on vous a trahie, & que vous êtes femme.

ELOISE.

Ah, Nerine ! je sens tout mon sang se troubler.
Juste ciel ! soûtiens ma foiblesse.

NERINE.

Eloïse, Monsieur, demande à vous parler.

FULBERT.

FULBERT.

Que me veut-elle ?

NERINE.

Adieu, Madame. Je vous laisse.
Vous ne pouvez plus reculer. *elle sort.*

SCENE III.

FULBERT, ELOISE.

FULBERT.

Eloïse, approchez. Qu'avez-vous à me dire ?

ELOISE.

Monsieur . . . .

FULBERT.

C'est me laisser trop long-tems incertain.
De vos vrais sentimens il faut enfin m'instruire.

ELOISE.

Eh bien.

FULBERT.

Quoi ?

ELOISE.

Vous pouvez disposer de ma main.

FULBERT.

Que ce retour me comble d'allegresse !
Et que vous m'épargnez de cruelles douleurs !
Vous m'en voyez verser des pleurs,
Mais ce sont des pleurs de tendresse.

G

SCENE IV.

FULBERT, ELOISE, ABAILARD.

FULBERT *voyant Abailard, court à lui & l'embrasse.*

ABAILARD, quel homme êtes-vous !
On ne tient point contre votre éloquence.
Si cet hymen me flatte, il m'est encor plus doux
De tenir ce bienfait de votre complaisance.

ABAILARD.

Comment ?

FULBERT·

Je sçavois bien, Monsieur, que votre voix
Auroit sur son esprit une force absolue.
A mes intentions ma Niéce s'est rendue,]
Et c'est à vous que je le dois.
Elle épouse enfin....

ABAILARD.

Qui ?

FULBERT.

La demande est plaisante !

Le Comte.

ABAILARD.

Lui !

FULBERT.

Lui-même. Oui. La chose est constante.

ABAILARD.

Vous vous mariez donc ?

ELOISE *avec dépit.*

Oui.

ABAILARD *à part à Eloïse.*

Mais que deviendra

Un amant....

ELOISE *sur le même ton.*

Tout ce qu'il voudra.

ABAILARD *à part à Eloïse.*

Ah perfide ! est-ce ainsi ....

FULBERT *à Abailard.*

Dans le fonds de votre ame

N'en ressentez-vous pas un extrême plaisir ?

ABAILARD *se contraignant, & montrant quelque joye.*

Ah ! (*à part.*) j'enrage.

FULBERT.

Après tout, pouvions-nous mieux choisir ?
Eloïse sera la plus heureuse femme.

Qu'en dites-vous ?

ABAILARD.

Mais .... très-certainement.

FULBERT.

J'aime à vous voir entrer dans notre sentiment.
Témoignez donc par votre joye.
Qu'en effet votre cœur prend part
Aux biens que le ciel nous envoye.

ABAILARD *affectant un air satisfait.*

J'y suis sensible, & pour parler sans fard...

à part.

C'en est trop, & j'éprouve un horrible supplice.

FULBERT.

Votre Apollon fera sans doute son office

Pour chanter cet hymen prochain.

Et nous verrons sortir de votre main

Quelque ouvrage nouveau. Sera-ce vers, ou prose?

ABAILARD.

Pardonnez-moi. Jamais je ne compose.

FULBERT.

Vous vous en défendez envain.

Venez, ma niéce.

ELOISE.

Allons. Je suis prête à vous suivre,

ABAILARD *à part à Eloïse.*

Ingrate! Sont-ce là vos sermens redoublés?

A mon malheur je ne pourrai survivre.

ELOISE *bas à Abailard.*

Perfide! je ne fais que ce que vous voulez.

FULBERT.

Pourquoi tant de céremonie,

Et ces discours à demi mot?

ABAILARD *embarrassé.*

Je lui disois .... de finir au plutôt.

Elle brule qu'on la marie.

ELOISE, *à part.*

Ah ! fi je n'écoutois que mon reffentiment !....
à Fulbert avec dépit.

    Sortons , Monfieur. Ma main eft toute prête.

FULBERT.

Monfieur , jufqu'au revoir. On vous prie à la fête.

SCENE V.

ABAILARD *feul.*

JE ne puis revenir de mon étonnement.
La fortune , toujours contre moi conjurée ,
    Par ce funefte évenement ,
Vient de mettre le comble à mon accablement.
Après une amitié fi faintement jurée ,
    Cette amante tant adorée ,
Cet objet que j'aimois cent fois plus que le jour ,
M'abandonne , m'oublie , & trahit mon amour !
    Voilà l'efprit , voilà le caractére
De ce fexe perfide , & pourtant enchanteur.
Eloïfe elle-même , Eloïfe préfére
Au plus tendre des cœurs l'éclat de la grandeur.
Eloïfe ! faut-il qu'un charme feducteur
    M'enchaîne encore à cette ame infidelle !
Que dis-je ! mon amour s'accroît par mon malheur,
Et moins je fuis aimé , plus je brûle pour elle.

              G iij

SCENE VI.

LE COMTE, ABAILARD.

LE COMTE

JE vous dois un remerciment.
Voulez-vous l'agréer ?

ABAILARD.

Je ne sçais pas comment.....

LE COMTE

On m'a dit qu'Eloïse, à vos leçons docile,
Sur ses vrais intérêts avoit ouvert les yeux,
Que vous l'aviez rendue & traitable & docile.

ABAILARD.

Monsieur....

LE COMTE.

Je dois beaucoup à vos soins généreux.

ABAILARD.

Monsieur point du tout. Eloïse
Ne m'a pas consulté dans cette occasion,
Ne m'en ayez nulle obligation.

LE COMTE.

Seriez-vous de ces gens dont l'orgueil se déguise ?
Qui cachent un bienfait par ostentation ?

ABAILARD.

J'abandonne cette manie

A ceux qui de leurs biens, de leur rang, de leur
   nom
Se vantent en tout lieu par pure modestie.

LE COMTE.

Ce discours est mortifiant.
A qui prétendez-vous l'adresser ?

ABAILARD.

A personne.

LE COMTE.

Je n'approfondis rien, cependant je soupçonne...

ABAILARD.

Je ne vous croyois pas, Monsieur, si méfiant.
Jugez mieux du respect que votre rang m'inspire.
   C'est vous, puisqu'il faut vous le dire,
Qui m'insultez en me remerciant.

LE COMTE.

Mon estime au contraire est pour vous sans pa-
   reille.
   Et vous pouvez compter sur mon crédit.
Je suis bien à la Cour, du Prince j'ai l'oreille ;
Je parlerai pour vous.

ABAILARD.

Mon état me suffit.

LE COMTE.

Que dites-vous ? votre état ! il assomme.
Entre nous, il n'est point trop brillant en effet.

ABAILARD.

Je n'en connois aucun de vil pour l'honnête homme.

G iv

Il annoblit tout ce qu'il fait.

LE COMTE.

Mais dites-moi, Monsieur, je vous en prie,
A quoi tend tout votre sçavoir ?
Que faites-vous de la philosophie ?

ABAILARD.

Elle m'enseigne mon devoir :
Elle m'apprend sur-tout à n'offenser personne,
A mettre la sagesse au rang des plus grands biens.

LE COMTE.

La sagesse ! & moi je soûtiens
Qu'à fort peu de chose elle est bonne.
La sagesse effarouche, & bannit le plaisir,
Elle interdit jusqu'au desir,
L'homme est fait pour le badinage.
Elle gêne l'esprit, & captive le cœur,
Peut-on chez soi souffrir cet esclavage ?
Elle répar! par sa rigueur
Sur l'air, les gestes, le visage,
Je ne sçais quoi de rude, de sauvage ;
Une insupportable langueur ;
On a tort, à ce prix, de vouloir être sage.

ABAILARD.

La sagesse est une vertu :
Et vous me dépeignez un vice revêtu
De ses déhors. C'est la misantropie.

LE COMTE.

L'une conduit à l'autre, & c'est double folie.

Croyez-moi , quittez ce fejour,
Et laiſſez aux pédans votre philoſophie.
Je veux vous mener à la Cour.
C'eſt-là que les talens brillent dans tout leur jour.
C'eſt dans cet abregé du monde
Qu'on ſe polit , & qu'on ſe fait valoir.
C'eſt-là qu'eſt le bon goût, l'air fin, le vrai ſçavoir.
Ailleurs, c'eſt petiteſſe, ignorance profonde,
Rien d'exquis, rien de recherché.
J'y vois l'homme ſans ceſſe en lui-même caché.
La Cour le développe. Elle ſeule façonne
Le cœur, orne l'eſprit, embellit les dehors,
Prête certaine grace au corps.
Les manieres, le ton, c'eſt elle qui les donne.
Venez-y. Vos talens, & ſur-tout mon credit
Pourront vous mener loin.

ABAILARD.

Je vous l'ai déja dit,
Je ſuis content de mon ſort.

LE COMTE.

Quelle vie!
Si vous aviez tâté du courtiſan,
A ſon deſtin vous porteriez envie!

ABAILARD.

Vous en parlez comme ſon partiſan.
Oui. Son état eſt noble, il eſt digne d'eſtime,
S'il en remplit bien le devoir ;
S'il ſçait uſer de ſon pouvoir

Pour fecourir la vertu qu'on opprime,
Si le bien de l'état fait fa fuprême loi,
S'il s'attache au Prince, & s'il l'aime
Moins pour la dignité, qu'à caufe de lui-même.
Mais n'être à la Cour que pour foi,
Que pour fonger à fa fortune,
Pour groffir fes tréfors de la perte commune,
Pour trahir, pour donner & reprendre fa foi,
Pour offrir à fon Prince une vue importune,
Et publier partout que l'on a vu le Roi,
Pour braver qui nous fert, pour fervir qui nous
brave,
C'eft être en vérité moins courtifan qu'Efclave.

LE COMTE.

La Cour eft un pays qui vous eft mal connu.
Que vous êtes fimple, ingenu !
Ah ! Vous n'êtes pas fait pour elle !
Je ne vous preffe plus deformais d'y venir.
Ce feroit tems perdu. Vous devez vous tenir
Dans votre fphere naturelle,
Et philofopher à loifir.

SCENE VII.

ABAILARD feul.

C'Est donc là cet amant à qui, fans en rougir,
Eloife me facrifie !

O ciel, n'es-tu pas las encor de me frapper ?
Mais voici l'autre. Où fuir ! je ne puis échapper.
Et je vois bien qu'il faudra que j'essuie
Quelque scene de sa façon.

SCENE VIII.

LA MARQUISE, ABAILARD.

LA MARQUISE.

ARRESTEZ. Je prétends qu'on me fasse raison
D'un trait de noirceur inouie.
De quel front osez-vous en toute occasion
Contredire mes goûts, & me rompre en visiere ?
Je vous faisois l'honneur, & cela par pitié,
De vous tirer de la misere,
Il faut, qu'à point nommé, vous soyiez marié,
Le Comte, à qui j'étois sûre de plaire,
Par l'hymen à mon sort alloit être lié.
Contre moi tout à coup vous soulevez ma niéce.
Du Comte, objet constant de son inimitié,
Vous courez lui vanter l'hymen & la tendresse.
Vous la persuadez, elle va l'épouser,
Et vous me faites mépriser :
Bourreau! voilà ton crime. Ai-je tort de me plaindre?

ABAILARD.

Vous êtes dans l'erreur, Madame, je le voi,

Il faut enfin cesser de feindre.
Cet hymen, que l'on dit se conclure par moi,
Est de tous les malheurs le seul que je puis craindre.
J'adore votre niéce.

LA MARQUISE.

Oh ! le trait est galant !
De grace, reprimez cette ardeur qui vous presse.
Vous avez une femme, & vous aimez ma niéce !

ABAILARD.

Je ne suis point marié.

LA MARQUISE.

L'insolent !

ABAILARD.

Pardonnez à ma feinte, elle étoit nécessaire.
Je sens le prix du bien où j'étois reservé,
Et flatté de l'honneur que vous vouliez me faire,
J'aurois voulu par un retour sincere. . . .

LA MARQUISE à part.

J'aurois voulu que tu fusses crevé.
haut.
Vous m'avez donc trompée ?

ABAILARD.

Et voilà mon vrai crime.
Si cependant la plus parfaite estime. . . .

LA MARQUISE.

Vous m'estimez ! c'est être complaisant.
En vérité, je joue un rolle fort plaisant.
Jamais femme ne fut de la sorte traitée.

ABAILARD.

Eh Madame !

LA MARQUISE.

Je suis tentée.
D'aller trouver mon frere de ce pas,
Lui découvrir tout le myſtére,
Et le prier....

ABAILARD.

Vous ne le ferez pas.
Votre bonté me répond du contraire.

LA MARQUISE.

Monſieur, ne vous y fiez point.
Je suis femme, & vindicative.

ABAILARD.

Je suis tranquille sur ce point.

LA MARQUISE.

Je vous donne l'alternative.
Ou j'inſtruirai Fulbert, ou vous m'épouſerez.

ABAILARD.

Madame.... mais vous voulez rire.

LA MARQUISE.

Je ne ris point. Vous y refléchirez.

ABAILARD.

En ce cas vous pouvez voir Fulbert, & l'inſtruire.
C'eſt m'épargner la peine à moi de le lui dire.
Je ſçaurai prendre mon parti.

LA MARQUISE.

Et le mien eſt tout pris. Sois donc bien averti

Qu'au Comte pour toujours Eloïſe engagée,
D'un époux que je perds va me dédommager.
Que j'y renonce exprès pour te faire enrager.
J'aime mieux mourir fille après m'être vengée,
Que d'être femme, & ne pas me venger.

SCENE IX.

ABAILARD ſeul.

JE ne devois rien moins atttendre d'une fole,
Elle va me tenir parole.
Je ne ſçais que reſoudre en cette extrémité.
Que je ſuis bien puni par tout ce que je ſouffre ;
Des légéres douceurs dont l'appas m'a tenté !
Allons voir ſi je puis enfin ſortir du gouffre
Où l'amour m'a précipité.

SCENE X.

ABAILARD, FRONTIN.

FRONTIN.

MONSIEUR....

ABAILARD.

Encore ! Ah ! je perds patience.

En ce jour il faudra, je croi,
A l'univers entier que je donne audience.
Eh bien, que voulez-vous de moi ?

FRONTIN.

Pardonnez....

ABAILARD.

     Oui. Je vous pardonne.

Venons au fait.

FRONTIN.

    Toûjours pour vôtre cher Frontin
Vous avez eu l'ame si bonne,
Que j'ose me flatter....

ABAILARD.

      Ah ! finissons enfin.

C,a de quoi s'agit-il ?

FRONTIN.

     La Charmante Nerine ;
Que l'ardeur amoureuse apparemment lutine,
  Vient d'obtenir de Fulbert son tuteur
  Permission de prendre en tout honneur
  Pour son époux & son souverain maître,
  Votre soumis & fidéle valet,
Et qui fera toujours gloire de l'être.

ABAILARD.

Vous voulez épouser Nérine ?

FRONTIN.

     Oui. S'il vous plaît.

Elle m'aime, je suis son fait.

Et moi je l'aime auſſi, je penſe.
Mais nous n'avons voulu rien faire en conſcience ;
Sans demander votre conſentement.

ABAILARD.

Vous en agiſſez prudemment.
Mais, dites-moi, quelle idée eſt la vôtre ?
Vous êtes pauvre, & Nérine n'a rien.
Sans ſecours, ſans talens, ſans bien,
Que deviendrez-vous l'un & l'autre ?
Vous donnerez la vie à des infortunés,
Qui, triſtes héritiers du malheur de leur pere,
Un jour peut-être, au ſein de la miſere,
Déteſteront l'inſtant qu'ils feront nés.
Laiſſez marier ceux qui ſont dans l'opulence.

FRONTIN.

C'eſt juſtement faute d'autres douceurs,
Et parce qu'on n'eſt pas dans un état d'aiſance,
Qu'on cherche des plaiſirs ailleurs.
On veut rendre ſa vie un peu moins importune.
Les charmes de l'hymen, un tendre engagement,
Sont de la mauvaiſe fortune
Au moins un dédommagement.
Pour ces petites créatures
Qui pouront naître un jour, le terme eſt encor
loin.
Je ne lis point dans les choſes futures.
La providence en prendra ſoin.

ABAILARD,

ABAILARD.

Mon ami, croyez-moi. Reſtez ce que vous êtes.
Vous n'aurez pas ſujet de vous en repentir.

FRONTIN.

Vous en parlez, Monſieur, tout à loiſir.
Tout le monde ne peut vivre comme vous faites.
Chez vous on eſt exempt des folles paſſions.
Vous ne tenez en rien à la matiére :
Mais nous, pauvres gens du vulgaire,
Ne ſommes que foibleſſe, & nous nous marions.

ABAILARD.

Soit. Mariez-vous donc. Ce ſera votre affaire.

Fin du quatriéme Acte.

H

ACTE V.

SCENE PREMIERE.

ABAILARD, ELOISE.

ABAILARD.

Eloïsa, est-ce vous que je revois encore !

ELOISE.

Oui. C'est moi que vous soupçonnez,
Et qui cependant vous adore.

ABAILARD.

Vous m'aimez, Eloïse, & vous m'abandonnez !

ELOISE.

Plaignez-vous-en au sort qui poursuit l'un & l'autre,
Vous accusiez mon cœur, & j'accusois le vôtre.
Quand j'ai pu consentir à cet hymen fatal
Qui me livre à votre rival,
J'ai cru que je devois par honneur, par justice
A mon amour faire ce sacrifice.

La Marquife avoit dit que par l'hymen lié,
Vous me trompiez, & trahifliez ma flamme.

ABAILARD.

Falloit-il l'en croire, Madame !
Que notre fort eft digne de pitié !
Quoi ! fans être mieux éclaircie,
Avez-vous dû d'abord ajouter foi
A des difcours qui noirciffoient ma vie,
Et qui dépofoient contre moi ?
Avez-vous dû, cruelle . . . .

ELOISE.

Epargnez-moi vos plaintes.
Oui. J'ai trop écouté mon dépit & mes craintes.
Mais que ne peut un cœur mortellement bleffé,
Un cœur qui fe croit offenfé.
Par un endroit fi cher & fi fenfible !
L'excès de fa douleur lui montre tout poffible.
Refpectez mes ennuis, ne me reprochez rien.
Si j'ai failli, le ciel me punit bien !
Mon amour m'a trompée, & cette erreur me tue.
Abailard, je vous perds, & je me fuis perdue,

ABAILARD.

De votre oncle Fulbert je prévois le courroux.
Efpérons toutefois . . . .

ELOISE.

Efpérance frivole !
Le Comte a reçu ma parole,
Fulbert en eft témoin, tout eft fini pour nous.

Je ferme envain les yeux fur mon fort déplorable.
Le préfent m'épouvante, & l'avenir m'accable.
Amant infortuné, je ne fuis plus à vous.
Ce déteftable jour fixe ma deftinée,
  Il éclaire mon hymenée,
  Et vous n'êtes pas mon époux !
Ah Dieu !

ABAILARD.

   Calmez votre douleur extrême.
Je ne mérite point ces regrets, ni ces pleurs,
Et puifque vous m'aimez, & qu'enfin je vous aime...

ELOISE.

  Voilà, voilà tous nos malheurs.
On s'arrache fans peine à ceux qui nous trahiffent.
Mais fe voir enlever des cœurs qui nous chériffent,
Mais fe voir aux autels entraîner, malgré foi,
 Par des parens qui nous y facrifient,
 Etre contraints d'engager notre foi
 Par des fermens qui pour jamais nous lient,
  Jurer de déchirer fon cœur,
D'aimer ce que l'on hait, de haïr ce qu'on aime,
D'immoler fon repos, de fe trahir foi-même,
C'eft le comble du crime, ainfi que du malheur.

ABAILARD.

Ainfi donc pour toujours vous m'êtes arrachée,
Vous qui par tant de nœuds me fûtes attachée !
Ce jour eft le dernier qui me doit éclairer.

ELOISE.

Non, Abailard. Envain on veut nous féparer.
Je ne trahirai point une fi belle flamme.
J'ai caufé tous vos maux, je vais les reparer.
A mon oncle Fulbert je cours tout déclarer,
Me jetter à fes pieds. Il lira dans mon ame.
Je ferai dans fon fein couler avec mes pleurs
La pitié, vos vertus, ma crainte & mes douleurs,
Suivez-moi. Votre afpect va ranimer mon zéle,
Et préter à ma voix une force nouvelle.

SCENE II.

FULBERT, LA MARQUISE, ELOISE, ABAILARD.

FULBERT.

Ma niéce, il eft donc vrai que malgré mes
bontés,
Pour prix de tous les foins que vous m'avez coûtés,
Je ne reçois de vous qu'une mortelle injure?
Vous voulez me forcer à devenir parjure.
Au Comte j'ai promis votre main, votre foi,
Il a ma parole & la vôtre.
Aujourd'hui cependant j'apprens, avec effroi,
Qu'au mépris des fermens, vous en aimez un
autre.

LA MARQUISE.

Cet autre, le voilà.

FULBERT.

Quoi ! c'est vous, Abailard !
Deviez-vous me traiter, ingrat, comme vous faites?
Non. Je n'attendois pas ce coup de votre part.
Mais je m'en vengerai, perfide que vous êtes !

ELOISE.

Monfieur, voyez mes pleurs, & calmez ce courroux.

Eloïfe, en tremblant, fe jette à vos genoux.

LA MARQUISE.

Gardez-vous de mollir, l'action eft trop noire.

FULBERT.

Songe ingrate Eloïfe, à mes tendres bienfaits.

ELOISE.

Oui. Je vous dois tout, je le fçais.
Je cheris vos bontés, j'en garde la mémoire.
Il m'eft cruel de vous défobéir.
Mais enfin je ne puis, trahiffant ma tendreffe...

FULBERT.

Tu l'aimes ! un ingrat que j'ai droit de haïr,
Qui, fous les faux dehors d'une auftere fageffe,
Trompe ma confiance, & feduit ta foibleffe !
Encor s'il étoit né d'un fang
Qui pût l'affocier, fans honte à notre rang,
Je pourrois à tous deux faire grace peut-être;

ELOISE.

Qu'importe de quel sang Abailard ait pu naître !
On est noble, Monsieur, quand on est vertueux.

FULBERT.

Chimeres que cela. Je veux.
Qu'au Comte en ce moment vous soyez mariée.
Obéissez.

ELOISE.

Je ne le puis.
Par les nœuds les plus forts Eloïse est liée.

FULBERT.

Je prétends qu'on les rompe.

ELOISE.

Il ne m'est plus permis

FULBERT.

Cette excuse est étudiée.
On ne me trompe point.

ELOISE.

Croyez ce que je dis
Ma gloire me défend....

FULBERT.

Ta gloire ! ah malheureuse !
Qu'ai-je entendu !

LA MARQUISE.

La chose est férieuse.
Souffrirez-vous, Monsieur....

FULBERT à part.

Quel coup vient m'accabler !

Je ne me connois point dans ma douleur mortelle.
Ah perfide Abailard !... Il faut diſſimuler.
Trompons les tous les deux. Si l'offenſe eſt cruelle,
  La vengeance fera trembler.

haut.

Puiſque des nœuds ſi chers à ſon ſort vous uniſſent,
Eloïſe, venez : que vos craintes finiſſent.
Je me rends, je vous livre à l'objet de vos vœux.

LA MARQUISE.

Quoi ! vous les mariez !

FULBERT.

          Oui, Madame. Et je veux
Pour cet heureux hymen célébrer une fête.
Je vais la préparer. Vous, Monſieur, ſuivez-moi.
      Allons chercher quelque prétexte honnête
Pour appaiſer le Comte, & dégager ma foi.

SCENE III.

LA MARQUISE, ELOISE.

LA MARQUISE *à part.*

J'ENRAGE de bon cœur. Vous voilà ſatisfaite,
    Ma niéce. Ces liens charmans
Mettent enfin le comble à vos contentemens.
Je vous en félicite, & même je ſouhaite
    Que vos plaiſirs puiſſent durer long-tems !
Adieu.   SCENE

SCENE IV.

ELOISE *seule.*

D'Où peut venir cette frayeur fecrette
Dont malgré moi je me fens agiter !
Un noir preffentiment, une voix inquiéte
S'éleve dans mon cœur, & vient m'épouvanter.
Je redoutois Fulbert, & Fulbert me pardonne,
Il me donne un amant, il remplit mes fouhaits.
Ce jour eft le plus beau qui m'éclaira jamais,
Et cependant mon cœur gémit, tremble & frif-
   fonne !
Que penfer après tout de ce prompt changement !
   Ne fçais-je pas que mon oncle fevere
Ne confulte jamais que fon reffentiment,
   Et que toujours un cruel châtiment
   Suit l'offenfe la plus légére ?
Croirai-je qu'un feul jour, que dis-je ! un feul
   moment
   Aît pu changer fon caractere !
   Ah ! de mon amant & de moi
Détourne, jufte ciel, les maux que je prévoi !

I

SCENE V.
ELOISE, NERINE.

ELOISE.

NERINE, que viens-tu m'apprendre ?
NERINE.
Une bonne nouvelle, & qui va vous furprendre.
Le Comte a reçu fon congé.
Fulbert vient de lui faire entendre
Que votre cœur ailleurs eft engagé,
Et qu'à votre hymenée il ne doit plus prétendre.
Un peu piqué du compliment
Dont fon orgueil fe fcandalife,
Le Comte pour Paris va partir à l'inftant,
Au grand regret de la Marquife,
Qui fe flattoit d'en faire fon amant.
ELOISE.
Et que fait Abailard ?
NERINE.
Votre oncle alors l'invite
A paffer avec lui dans un appartement,
Pour prendre quelque arrangement.
Abailard entre, & tout de fuite,
Après avoir ainfi parlé,
Fulbert ferme la porte à clé.

ELOISE.

Cette précaution étoit peu néceſſaire.
En tout cela je crois voir du myſtére.

NERINE.

Je ne vois rien là de myſtérieux ;
Et pourtant j'ai d'aſſez bons yeux.

ELOISE.

Acheve de m'inſtruire. Après que l'un & l'autre ,
Dans l'appartement ſont entrés ,
Qu'ont-ils dit ? qu'ont-ils fait ?

NERINE.

Ils y ſont démeurés.
C'eſt tout ce que j'en ſçais. Quelle idée eſt la vôtre?
Que craignez-vous ?

ELOISE.

Cours. Va trouver Frontin.
Mais ne perds point de tems. Frontin ſçaura
peut-être....

NERINE.

Je n'irai pas ſi loin, & je le vois paroître.

SCENE VI.

ELOISE, NERINE, FRONTIN,

FRONTIN.

Pauvre Abailard ! Quel funeſte deſtin !

ELOISE.

Explique-toi : Que fait ton maître ?

FRONTIN.

Madame, hélas !... C'eſt le trait le plus noir !..
L'avenir ne pourra le croire.
Diſpenſez-moi de conter cette hiſtoire.
Vous frémiriez de la ſçavoir.

ELOISE.

Non. Non. Il faut parler, il faut que tu me diſes....

FRONTIN.

De grace ! ne me forcez point
A détailler le fait de point en point,
Je riſquerois de dire des ſotiſes.

ELOISE.

Frontin, je le veux.

FRONTIN.

Soit. Il faut vous obéir.
Cette avanture eſt ſi tragique,
Que je ne ſçais, malgré ma rhétorique,
Par où la commencer, ni par où la finir.
O ciel ! inſpire-moi. Mon maître
Venoit d'entrer avec Fulbert
Dans un apartement deſert
Dont on avoit fermé la porte & la fenêtre.
Comme je ſoupçonnois quelque piége caché,
Je me ſuis de ce lieu doucement approché,
Et par une étroite ouverture
Je voyois à loiſir tout ce qui ſe paſſoit.

Deux hommes, de trifte encolure,
Que je ne connois point, & dont l'air paroiſſoit
Fort équivoque, & de mauvais augure,
Promenoient lentement leur hideuſe figure,
Tandis que Fulbert à l'écart
Parloit à mon maître, à voix baſſe.
La ſcene alors change de face.
On accourt, & de force on entraîne Abailard
Dans un réduit obſcur, au fonds de la terraſſe.
Il parle, on l'interrompt; il ſupplie, on ménace.
Bientôt l'éloignement, la frayeur, & la nuit
M'empêchent d'écouter, & de voir ce qui ſuit.
La porte redoutable enfin à mes yeux s'ouvre.
Sur un trifte ſopha quel objet ſe découvre !
Abailard....

ELOISE.

Il eſt mort ! dites-moi par quels coups...

FRONTIN.

Il n'eſt pas mort pour lui ; mais il eſt mort pour
vous.

ELOISE.

Quel eſt donc ce myſtére, & que voulez-vous dire !

FRONTIN.

On a détruit en lui l'homme.... ſans le détruire....
Enfin, pour vous parler ſans fard,
Il eſt mort ſans mourir... Il eſt vivant, ſans vivre...
Abailard.... n'eſt plus Abailard....
La douleur, les ſanglots m'empêchent de pourſuivre.

I iij

Nerine, dans ces lieux n'attendons rien de bon.
Essayons de sortir, au moins tels que nous sommes,
De cette maudite maison,
Où l'on traite si mal les hommes.

SCENE VII.

ELOISE seule.

CHER Amant, c'est donc là le précipice affreux
Qu'a creusé sous tes pas mon amour malheureux ?
Les regrets, la douleur, une honte éternelle,
Peut-être même encor ta mort ;
Mais une mort effroyable & cruelle,
Vont être désormais ton sort !
Voilà la triste dot que t'apporte Eloïse !
Oui. C'est moi seule, hélas ! qui fais tous tes malheurs ;
N'en cherche point la cause ailleurs.
Intrigue, complot, entreprise,
J'ai tout conduit. C'est moi qu'il faut punir.
Quand ce matin, présageant l'avenir,
Tu me pressois de hâter notre fuite,
Par combien de raisons éludant ta poursuite,
N'ai-je pas sçu te retenir !
Mais ce sont là les moindres de mes crimes.
C'est moi qui la premiere, égarant ta raison,

De l'amour en ton fein ai verfé le poifon !
C'eft-moi, qui me prêtant aux plus tendres ma-
    ximes.
    Ai pris plaifir d'entretenir ces feux
      Qui rendent les amans heureux,
   Mais que le ciel traite d'illegitimes.
    J'ai contre toi fait fervir mes appas,
Triftes dons, dont ce ciel en m'ornant m'a punie !
Par des liens fecrets j'ai voulu t'être unie.
J'ai tout fait en un mot pour hâter ton trépas.
    Ce fouvenir me déconcerte !
   Mais fupprimons les difcours fuperflus.
Cherchons, pour nous cacher, quelques lieux in-
    connus,
   Quelque antre obfcur dans une île déferte,
Où mon nom ni le tien ne foient point parvenus.
   Fuyons le monde.... Oui. Je ne verrai plus
Mes crimes, ni les cieux, ni tes maux, ni ma
    perte.
Et je vais.... Mais que vois-je ! Abailard eft-ce
    vous !

SCENE VIII. ET DERNIERE.*

ABAILARD, ELOISE.

ABAILARD *qu'on a apporté dans un fauteuil.*

LE reconnoissez-vous encore
Cet objet malheureux du céleste courroux,
Ce vil rebut que tout le monde abhore ?

ELOISE.

Epargnez-vous ce titre détesté.
N'êtes-vous pas toujours cet Abailard aimable,
Cet homme partout respecté ?

ABAILARD.

Au nombre des mortels je ne suis plus compté.
Allez. Fuyez un misérable.
J'ai trop vécu.

ELOISE.

Respectez vos vertus.

Vivez.

---

* Si cette pièce eût été destinée à la représentation, je n'aurois eu garde de faire paroître Abailard sur la scene, après ce qu'on sçait lui être arrivé. Cette situation est une de celles que le Poëte défend de metre sous les yeux du spectateur. Soit raison, soit préjugé : Œdipe, par exemple, auroit mauvaise grace de venir exhalter ses douleurs sur notre théâtre, après s'être crevé les yeux. Que seroit-ce d'Abailard ? Notre délicatesse & nos mœurs m'auroient pareillement fait supprimer bien des choses du recit de Frontin, que j'ai cru pouvoir hasarder dans un ouvrage qui ne doit être que lu.

ABAILARD.

Vous ignorez mon deſtin déplorable.

ELOISE.

Non. Je ſçais tout.

ABAILARD.

Ne me voyez donc plus.

ELOISE.

Un ſemblable diſcours vous offenſe & m'outrage,
Mes barbares parens l'avoient ainſi penſé.
Ils ont cru que rampant ſous un vil eſclavage,
J'étois des paſſions le jouet inſenſé ;
Et que courant après un ſpécieux phantôme,
Mon cœur dans Abailard n'avoit cherché qu'un
  homme.
Ils ont cru me punir en vous ſacrifiant ;
  Mais leur eſpérance eſt trompée.
Par le plus foible endroit les cruels m'ont frappée,
Sans m'ôter mon amour, ils m'ôtent mon amant.
Je ne ne ſuis point changée, & lorſque je vous aime,
Dans vous, cher Abailard, je n'aime que vous-
  même.
  S'ils prétendoient en effet me punir
   De cet amour qui les irrite,
   Leur fureur devoit vous ravir
   Vos vertus & votre mérite,
   Alors j'aurois pu vous haïr.

ABAILARD.

O d'un amour parfait effort ſublime & rare !

Quel cœur! j'euſſe été trop heureux!

Quoi! tandis qu'un abîme affreux

Pour jamais de vous me ſépare,

Quand j'éprouve l'horreur du ſort le plus barbare;

Quand je deviens à moi-même odieux,

Vous m'aimez, vous brûlez toujours des mêmes feux!

ELOISE.

Ah! que plutôt Eloïſe périſſe,

Avant que cet objet qui la ſçût enflammer....?

ABAILARD.

Arrêtez, Eloïſe. Il n'eſt plus tems d'aimer.

Il eſt tems que ſur ſoi chacun de nous gémiſſe.

Avant que du ciel en courroux

Le bras ſur nous s'apeſantiſſe,

Cherchons à prévenir ſes coups,

Et par nos pleurs déſarmons ſa juſtice.

Il commence déja par nous humilier.

Sa vengeance bientôt va nous ſacrifier

Comme des coupables victimes,

Si nous ne nous hâtons de nous purifier.

Vos malheurs & mes maux ſont le fruit de nos

crimes.

Loin de nous plaindre, il faut les recevoir,

Et les recevoir avec joye.

Ils ſont nôtre reſſource, ils ſont l'unique eſpoir

Que le ciel quelquefois aux coupables envoye.

Profitons-en, Madame, & ſans temporiſer,....

Faiſons.....

ELOISE.

Eh bien, parlez. Que faut-il que je faſſe ?

ABAILARD.

Par un prompt repentir mériter notre grace.
Le Ciel eſt offenſé, nous devons l'appaiſer.
Aux foles paſſions aſſervis l'un & l'autre,
  Nous leur avons, pour nos contentemens,
   Sacrifié tous nos momens.
Vous faiſiez mon bonheur, je travaillois au vôtre.
  Toujours charmés, toujours charmans,
Chaque jour, chaque inſtant augmentoit nos
 délices.
Ces beaux tems ne ſont plus. D'affreux événemens
Ont changé ces plaiſirs en autant de ſupplices,
  Qui par de juſtes châtimens,
  Vengent le ciel de nos déréglemens.
C'eſt à nous d'achever cet important ouvrage.
Le monde eſt cette mer où nous fîmes naufrage,
Vous entendez encor ſes fiers mugiſſemens,
  Nous périrons ſous ſes flots écumans,
Si nous ne regagnons au plutôt le rivage.
Fuyons.

ELOISE.

Et dans quels lieux dois-je porter mes pas ?

ABAILARD.

Après l'ignominie où notre ſort nous jette,
  Le cloître eſt la ſeule retraite
Où nous puiſſions en paix attendre le trépas.

ELOISE.

Comment, le cœur brûlé d'une flamme inquiéte,
Oserai-je embrasser le plus saint des états ?
Quoi ! quand mes passions me déclarent la guerre,
  Trouverai-je la paix ailleurs !
Quoi ! leverai-je au ciel mes yeux noyés de pleurs
 Ces yeux toujours attachés à la terre !
Voile, sacrés autels, salutaires rigueurs,
  Vœux augustes, retraite austere,
  Etoufferez-vous mes ardeurs ?
Le juste ciel, toujours terrible en sa colere,
Lui qui ne veut de nous qu'un hommage sincere,
  Ecoutera-t'il les douleurs
  D'une victime involontaire ?
Et changeant notre état, changerons-nous nos cœurs?

ABAILARD.

Oui. Le ciel peut dans nous opérer ces miracles.
Commençons seulement, & bientôt ses faveurs
  Surmonteront tous les obstacles.

ELOISE.

 Vous le voulez ?

ABAILARD.

     J'ose vous en prier.
Jusqu'ici l'univers, témoin de nos tendresses,
A connu nos erreurs, a compté nos foiblesses.
Après l'avoir séduit, il faut l'édifier.

ELOISE.

 Allons donc nous sacrifier.

ABAILARD.

Que de vertu ! Reçois ce facrifice,
O ciel, & puiffes-tu nous devenir propice !
Adieu. Voici l'inftant qui va nous feparer.

ELOISE.

Hélas !

ABAILARD.

J'entends votre cœur foupirer.
En ces derniers momens foyez plus magnanime.
Et par l'effort d'une vertu fublime,
Montrez qu'on peut fans murmurer
Quitter tout ce qu'on aime, & tout ce qu'on
eftime . . . .
Mais moi-même je tremble, & je fens que ma
voix . . . .

ELOISE.

Je vous perds donc ! au moins, puifqu'encor je
vous vois,
Soûtenez ma vertu chancelante, indécife.

ABAILARD.

Le ciel prendra ce foin, fi vous êtes foumife.
Abandonnez-lui tous vos droits.

ELOISE.

Ah, mon cher Abailard !

ABAILARD.

Ah, ma chere Eloïfe
J'ai prononcé ce nom pour la derniere fois.

FIN.

1152.

www.ingramcontent.com/pod-product-compliance
Lightning Source LLC
Chambersburg PA
CBHW060829250626
47162CB00005B/2006